雇い浪人生活録 十四

金の足《あ》掻《がき》

上田秀人

時代小説文庫

角川春樹事務所

目次

江戸のお金の豆知識⑭

江戸の飛脚とその運賃

書状や荷物、為替手形などを運んだ江戸時代の飛脚の歴史は、幕府の公用文書を運ぶ継飛脚《つぎびきゃく》から始まった。その後、武士たちにより江戸や大坂と国元とを結ぶ飛脚ルートが作られていき、次第に民間にも普及。全国に手紙が出せるようになった。商家の需要が増えるに従い、町飛脚はさらに発展。幅広いニーズに対応して、現代の速達や書留のような便、受け取り証明付きのものなど、さまざまなサービスが発達した。

下表では、幕府道中奉行公認の江戸定飛脚《じょうびきゃく》仲間による江戸—大坂間(のべ139里=約558km)の荷ごとの運賃・所要日数、町飛脚の運賃、それぞれの例を、便の種類ごとにまとめた。

便の種類	届ける物	所要時間	値段
仕立《したて》 その荷のためにすぐに出発し急ぎ届ける、今でいうチャーター便	封物100目限《かぎり》 (375gまでの封をしたもの)	三日半限(2日半で着く)	金7両2分
		六日限(6日目に着く)	金3両
幸便《さいわいびん》 月に9日ある出発日の、直近の日に出発する便	書状1通	六日限(6〜9日かかる)	金1朱
		十日限(20〜25日かかる)	銀6分
	荷物1貫目	六日限	銀50匁
		十日限	銀15匁
並便《なみびん》 荷に空きがあるときに運ばれる、比較的安価な便	書状1通	十日限	銀3分
	荷物1貫目		銀9匁5分

町飛脚 ※江戸日本橋近江屋の場合前日に預かったものを毎朝四つ(9時半)から配達した。値段は届け先までの距離により決まった。	浅草御蔵、両国、霊岸島、鉄砲洲あたりまで	24文
	芝、番町、九段坂、根津下谷、浅草あたりまで	32文
	品川、千住、板橋、四谷、青山あたりまで	50文

*この表は、『日本商業史』(横井時冬・著)などをもとに作成したものです。ひとつの資料から事例を拾い編集するのは困難であるため、複数の資料を参考としました。

主な登場人物

諫山左馬介《いさやまさまのすけ》……日雇い仕事で生計を立てていたが、分銅屋仁左衛門に仕事ぶりを買われ、月極で用心棒に雇われた浪人。甲州流軍扇術を用いる。

分銅屋仁左衛門《ふんどうやにざえもん》……浅草に店を開く江戸屈指の両替商。夜逃げした隣家（金貸し）に残された帳面を手に入れたのを機に、田沼意次の改革に力を貸すこととなった。

喜代《きよ》……分銅屋仁左衛門の身の回りの世話をする女中。少々年増だが、美人。

徳川家重《とくがわいえしげ》……徳川幕府第九代将軍。英邁ながら、言葉を発する能力に障害があり、側用人・大岡出雲守忠光を通訳がわりとする。

田沼主殿頭意次《たぬまとのものかみおきつぐ》……亡き大御所・吉宗より、「幕政のすべてを米から金に移行せよ」と経済大改革を遺命された。実現のための権力を約束され、お側御用取次に。

村垣伊勢《むらがきいせ》（元芸者加壽美《かすみ》）……田沼の行う改革を手助けするよう吉宗の遺命を受けたお庭番四人組の一人。元柳橋芸者に身をやつし、左馬介の長屋の隣に住む。

布屋の親分《ぬのや》……南町奉行所同心・東野市ノ進から十手を預かる御用聞き。

表デザイン　五十嵐　徹
（芦澤泰偉事務所）

日雇い浪人生活録〈十四〉

金の足搔《あがき》

第一章　妓《おんな》と女

一

落籍《らくせき》された芸妓《げいぎ》の仕事は、一つしかない。

金主《きんしゅ》である旦那の相手である。

それが酒を注《つ》ぐか、踊りを見せるか、歌を奏でるか、あるいは閨《ねや》で嬌声《きょうせい》を聴かせるかの違いはあるが、同じなのは落籍された日からただ一人のためにあることだけは決まりであった。

「暇だ」

数千両というとてつもない金額で落籍された柳橋《やなぎばし》の名物芸者加壽美《かすみ》は、なぜか毎日のように諫山左馬介《いさやままさまのすけ》の長屋で退屈を撒《ま》き散らしていた。

「いいのか」

夜番を務めて自宅である長屋で一休みした左馬介が加壽美へと問うた。

「なにが」

勝手に上がりこむだけでなく、持ちこんだ器を使って茶を点《た》てていた加壽美が、小首をかしげた。

「旦那を放《ほ》ったらかしだろう」

「ああ、旦那か」

左馬介に言われた加壽美が今思い出したと手を打った。

「おいおい。金主は大事にせぬか」

加壽美の態度に、左馬介があきれた。

「気にしなくていい。旦那とは約束ができているから」

「約束……」

平然としている加壽美に左馬介が怪訝《けげん》な顔をした。

「あたしの好きにしていいと」

「好きにしていいとは、ずいぶんと豪儀《ごうぎ》な旦那だな」

左馬介が驚いた。

大金をはたいて芸妓や遊女を落籍するのは、その名花を他人の手の届かない吾《わ》が庭に取りこむためである。ようは他の男の目に晒《さら》されたり、触られたりされたくないからと隔離するのだ。なかには正式な妻として迎える者もいる。

もちろん、これほどの女を俺は好きにできるんだぞという自慢のために落籍させる男もいないわけではないが。

「このあたしを柳橋から引き離すんだ。それくらいのことはしてもらわないと割が合わないだろう」

加壽美が手を振った。

「あちらのためか」

左馬介の声が低くなった。

「…………」

声を出さずに加壽美が口の端を吊《つ》りあげた。

「言うべきではなかった」

小さく左馬介がため息を吐《つ》いた。

「というより、よかったのか、落籍《ひか》されて」

左馬介が疑問を持った。

柳橋の売れっ子芸妓加壽美は、そのじつ幕府お庭番《にわばん》であった。村垣伊勢《むらがきいせ》という本名と幕臣《ばくしん》という身分を持ちながら、江戸地回《じまわ》り御用として人の噂《うわさ》が集まりやすい遊里に身を置き、江戸市中の世情を調べていた。

その女お庭番が一人の男に金で落籍される。左馬介は村垣伊勢としての任に影響が出ないのかと気にした。

「いい女に男が集《たか》るのは当然であろ」

「それはそうだが……」

真理を口にした村垣伊勢に、左馬介が答えになっていないと困惑した。

「ふん。芸妓の夢をわかっていないな」

村垣伊勢が馬鹿にした目で左馬介を見た。

「柳橋だけではない。浅草《あさくさ》、吉原《よしわら》などすべての遊び女《め》は、いつか、泥沼のような日々から抜け出すことを夢見ている」

「それはわかるが、年季明けを待つという手もあるだろう」

左馬介が問うた。

二代将軍秀忠《ひでただ》の御世《みよ》、幕府は身売りを禁止した。とはいえ、法度《はっと》なんぞ抜け穴だらけである。

「賃金の前渡しをすればいい」

身売りした男女を売り買いして生活していた商人は、早速にその穴を突いた。

「三十年分の賃金」

身売りではない、ただ期間の長い奉公だと商人は逃げ道を見つけた。

「不定期、あるいは二十八歳をこえる奉公も禁じる」

いたちごっこだが、幕府はすぐに対応した。

「阿呆《あほう》か」

村垣伊勢が左馬介の言葉に冷たく応じた。

「二十八歳で年季奉公は終わる。ただし、新しい奉公は禁じられていない。長期でなければ、そのまま奉公させ続けることもできる。あるいは借財の残りを肩代わりさせた形で、別の置屋《おきや》、遊女屋へ奉公させるという手もある。金を返せなかった者は、最初のまともな見世から、次は枕《まくら》をさせられる見世、そして枕だけの見世と格落ちしていく。それでも駄目なときは、壁際にいくことになる」

壁際とは、二間《けん》四方の土間と寝間しかない小さな見世のことをいう。遊郭《ゆうかく》の端にあったことから壁と呼ばれ、ここは線香一本燃え尽きるまでの間をいくらとして、会話も湯茶の接待もなく、ただ女が股を開くだけであった。

「それでは、死ぬまで続くではないか」

左馬介が息を呑《の》んだ。

「そこまで落ちる者はそうそうおらぬ。そうなるまでにほとんどが病で死ぬからな」

「病……」

「労咳《ろうがい》か梅毒《ばいどく》」

はばかった左馬介を気にせず、村垣伊勢が告げた。

「遊里というのは、一度そのなかに入ると自力で抜け出すことは難しい」

村垣伊勢が語り出した。

「芸妓はまだいい。踊りや唄《うた》、音曲《おんぎょく》が好きでそれを世すぎにしたいと思う者もいるからな。とはいえ、そのような者は一握りだ。残りはというよりほとんどの者が借財の形《かた》に遊里へ身を沈める」

「………」

「借金の形として遊里に来た女に身支度なんぞはできない。踊りも三味線《しゃみせん》も習ったことはない。そういうおぼこ娘を一人前の芸妓に育てるには、それこそ何十両、場合によっては百両をこえる金がかかる」

芸妓は町娘と違い、普段着の他に座敷着が要《い》った。それだけではない、着物の他にも簪《かんざし》、笄《こうがい》、帯留めなどの飾り、白粉《おしろい》、紅などの化粧品と見た目を装うものも要る。

「それですめばいいほうだ。上客を捕まえさせようとするなら見た目だけでは到底無理。名だたる芸者は見た目だけでなく、立ち居振る舞い、そのうえ客の話に合わせられるだけの素養が要る。音曲、詩歌、書画などにも通じなければならない」

「そこまで要るのか」

左馬介が驚いた。

「その一流に選ばれた芸者も一つ運が悪いと、枕芸者と同じ末路をたどることになる。かつて一代の華と呼ばれた名妓が、場末の遊郭に流れたという話はいくつもある」

「柳橋の売れっ子芸者が……」

左馬介が目を剝《む》いた。

柳橋は江戸の遊所として頂点ではないが、それでも深川《ふかがわ》や浅草と並ぶ有名どころであった。そこで看板を背負う売れっ子芸者ともなると、休みなく座敷に呼ばれ、花代はもちろん心付けも十分にもらえる。その売れっ子芸者が遊女に落ちるとは、左馬介にはとても思えなかった。

「退《ひ》き際《ぎわ》をまちがったからよ」

村垣伊勢が苦い笑いを浮かべた。

「売れっ子芸者にも二つあるというのは知っているな」

「ああ。芸で売れているか、見目で売れているかだろう」

確かめるような村垣伊勢に左馬介が答えた。

「そのうち芸で売れている妓《おんな》はまだいい。歳《とし》を取れば取るほど芸はよくなる。もちろん、指先が震えるとか、膝が痛むとかすれば終わりだがの。まあ、その辺りは芸事の師匠で妓を辞めても喰《く》うには困らない」

村垣伊勢が続けた。

「もう一方の見目で売れている妓が堕《お》ちる。女の花盛りは十四、五歳から二十五、六歳くらいまで。いいところ十年。どれだけの美貌を誇っても、目尻《めじり》の皺《しわ》が出来、唇がかさつく。そして、若い妓は毎年出てくる。十年に一度の美貌も二人目が台頭してくる。客、いや、男というのは移り気なものだ。若くてきれいなのが出てくれば、年増には見向きもしない。座敷に呼ばれることが減り、お金ももらえなくなる。ならばと枕に転向したところで、もう乳も尻も垂れている。最初こそ、あの某《なにがし》が寝てくれると評判になっても、物珍しさだけですぐにあきられる」

「ま、待て。十年売れっ子だったら、十分に金を貯《た》めこんでいるだろう」

左馬介が金に困るはずはないだろうと言った。

「売れっ子というのは、金も入るが出ていくのも多い。髪結いは毎日、衣装も日ごとに替えねばならぬし、簪などの小間物も客や季節、座敷の格に合わせなければならない。旦那からのもらいものもあるが、それを他の客の座敷には持ちこめぬ。もしくれた旦那と呼んだ客に確執でもあれば、両方しくじることになる」

「むうう」

そんなに芸者が面倒なものだと左馬介は思ってもいなかった。

「売れっ子ほど金がかかるのが、柳橋だ」

村垣伊勢が断言した。

「金がなければ、どうすればいいと思う」

口の端を吊りあげながら、村垣伊勢が問うた。

「旦那を作ればいい」

「そうだ」

村垣伊勢がうなずいた。

「難しいのはここにある。誰でもいいわけではない。旦那選びこそ、芸妓の勝負」

「金があればいいというものでもないのか」

左馬介が首をかしげた。

「金持ちでも碌《ろく》でもないのはいる。女を殴って満足する奴《やつ》、落籍した妓を他の男に抱かせて、金を取る奴」

「……………」

盛大に左馬介が頬を引きつらせた。

「そういったみょうな癖がなくても、遊びすぎて店を左前にする者も出てくる。左うちわだと思っていたら、ぎゃくに商いに失敗した旦那の生活を見なければいけなくなることもある」

「それは痛いな」

左馬介が首を横に振った。

「そして、なによりまずいのは旦那の妻」

「正妻か」

「女の嫉妬《しっと》であれば、さほどではない。それくらいさばけずに柳橋で名を売るなど無理だからな」

「嫉妬でなければ、なんだ」

「恐怖」

「……恐怖」

　左馬介が戸惑った。

「柳橋芸妓を落籍できるとなると、まずそこそこ商いに安定が出てきてからになる。ようはあるていど経験を積んで歳老いてからだな。当然、正妻も老けている。そこへ若くて美しい女が来た」

「追い出されると思うわけか」

　左馬介が理解した。

「少しできる正妻なら、百両ほどの手切れ金をくれて後腐れのないようにする。それが思いも付かないような馬鹿が相手だと……」

　村垣伊勢が嗤《わら》った。

「聞きたくないぞ」

　嫌な予感に左馬介が手を振った。

「一服盛るくらいならまだしも、金で雇った無頼《ぶらい》に犯させるやら、顔に油を塗って火を付けるなど……」

「ああ、聞きたくないと言ったはずだぞ」

　左馬介が耳を手で押さえた。

「女の怖《おそ》ろしさを知っておけ」

「知っていたつもりだったが……」

ちらと左馬介が村垣伊勢を見た。

「ふん。吾《われ》などおぼこだぞ。その手の愚か者に比べればな」

「そろそろ仕事の刻限だ。ではの」

にいと唇をゆがめた村垣伊勢から左馬介は逃げ出した。

二

分銅屋《ふんどうや》は浅草で指折りの豪商であった。

といったところで、両替商を表看板にしていることもあり、客の出入りは少ない。

「小判を銭に替えてくれ」

「今日の相場はいくらだい」

飛びこみの客がいないわけではないが、あまり多くはない。

というのも、銭の両替は近隣の店でも可能であるし、相場は朝一番に勘定所《かんじょうしょ》へ貼り出された米の値段から推測したものが、商人の間で拡《ひろ》がるからであった。

では、どうやって両替商は金を稼いでいるのか。

それは金貸しであった。

分銅屋などの両替商は客から金を預かり、それを貸し付けて利を取る。当然、その利のほとんどは金主に還元されるが、それでも数万両もの貸付残高を持つようになると、利鞘《りざや》だけで数千両になる。

もちろん、両替商の持つ金も貸し出しに回している。この場合、儲《もう》けのすべてが両替商のものになる。

金が金を生む。まさに両替商はそれを体現していた。

「分銅屋さん、少しばかり合力《ごうりき》をお願いする」

今、分銅屋に町役人《ちょうやくにん》が来ていた。

「浅草寺《せんそうじ》さまがあるというのに、まだ御堂は要りますか」

分銅屋の主《あるじ》仁左衛門《にざえもん》が首をかしげた。

「たしかに浅草は浅草寺さまの門前町だけどね。それでは不足だというお方が多くて。他の町内にはどこども御堂やお籠堂《こもりどう》があるだろう。なぜ、うちの町内には、専用の御堂がないんだとお叱《しか》りを受けているんだよ」

町役人が事情を語った。

「なるほど。町内のための御堂でございますか」

「そうなんだ」

繰り返した分銅屋仁左衛門に町役人が身を乗り出した。

「で、どこに建てられるのでしょう。このあたりに御堂が建てられるほどの空き地はなかったように思いますが」

分銅屋仁左衛門が疑問を口にした。

「それなのでございますが……」

町役人が言いにくそうにした。

「分銅屋さんが買われたお隣の敷地の角をご寄進願えればと。外から拝見したところ、二間（約三・六メートル）四方少し、空いているようにお見受けいたしまして」

「…………」

「表通りに面しておりますし、町内の者が通り過ぎしなにお参りするにはちょうどよく……」

「…………」

「分銅屋さん……」

じっと黙っている分銅屋仁左衛門に、町役人の舌が止まった。

「失礼ながら、あそこがどれほど大事な場所かおわかりではないようでございますな」

ようやく分銅屋仁左衛門が口を開いた。

「あそこならば何商をしても流行《はや》ることはまちがいございませぬ。浅草寺さまの参道に続く人通りの多いところ。事実、売って欲しいとのお声もかけていただいておりまする。なかには二間四方に二百両という金額を提示なさってくださったお方さまもいらっしゃいました」

「二百両……」

町役人が目を剝いた。

二間四方はおよそ八畳でしかない。それを二百両とは破格であった。

「それでもお断りしたのは……」

「参ったぞ」

分銅屋仁左衛門がしゃべりかけたところに、村垣伊勢から逃げ出した左馬介が入ってきた。

「諫山さま、ちょうどよいところへ」

左馬介の姿を見た分銅屋仁左衛門がほほえんだ。

「なにか御用かの。これは町役人どのではないか」

呼ばれた左馬介が分銅屋仁左衛門の前に、町役人が座っていることに気づいた。

「諫山さま、伺いたいのでございますが、当店の敷地の角に欠けを作ったとしたら、どうなりまする」

「欠け……ふむ。そこは欠けたままかの。それともなにか建物ができるのかの」

分銅屋仁左衛門に問われた左馬介が詳細を求めた。

「小さな御堂が出来たとしましょう」

「堂守《どうもり》は常駐するのかの。もちろん、夜中もだが」

左馬介がさらに尋ねた。

「いたしませぬ」

苦い顔で町役人が告げた。

「ならば、よろしくはないとしか申せぬ」

左馬介が駄目だと首を左右に振った。

「どこがいけないと」

町役人が左馬介に嚙《か》みついた。

浪人は刀を差しているだけの民である。町内の面倒ごとを引き受けている町役人のほうが立場は上になる。

「まず御堂が無住だというのが悪い。御堂ともなれば、当家の塀よりも高くすることになるだろう。それを足場に忍びこまれるかも知れぬ。忍びこむとまでいかずとも、屋根の上からなかを見下ろされては、すべてが筒抜けになる」

「盗賊を防ぐために用心棒がいるのではないか」

左馬介の懸念《けねん》に町役人が嗤《わら》った。

「さらに問題はある。御堂は灯明《とうみよう》がある。無住だと、その火がどうなるかはわからぬ。火事を起こすことも考えねばならぬ」

町役人を無視して左馬介が述べた。

「火の始末はしっかりとさせる」

むっとした顔で町役人が言った。

「そんなところでよいかな、分銅屋どの」

「けっこうですよ。ようは角が欠けるのはよろしくないと」

問うた分銅屋仁左衛門に左馬介が報告し、分銅屋仁左衛門が念を押した。

「反対でござる」

左馬介が首を縦に振った。

「ということでございます」

断ると分銅屋仁左衛門が町役人へ宣した。

「それでは町内の者たちの願いが……」

「わたくしが土地を出したとして、御堂の建立、御仏《みほとけ》の安置などの費用は集まっておるのでございますか」

「それは……」

町役人が分銅屋仁左衛門を見た。

「まさかと思いますが、それもわたくしどもに負担せよと言われるのではございますまいな」

「分銅屋さんのご身代《しんだい》ならばさほどの負担ではございますまい」

あきれた分銅屋仁左衛門に町役人が返した。

「お帰りだよ」

分銅屋仁左衛門が番頭に命じた。

「へい。ご足労さまでございました。主はこのあと所用がございますので、これまでとさせていただきまする」

番頭が分銅屋仁左衛門と町役人の間に割って入った。

「よろしいのか。この扱いを町内の者に話しますぞ。お触《ふ》れの周知や御上《おかみ》へのお届けなどに支障が出ますぞ」

町役人が脅しをかけてきた。

幕府が江戸城下に出す令を触れといった。触れは、寺社奉行《じしゃぶぎょう》や町奉行、勘定奉行などから、町年寄の奈良屋市右衛門《ならやいちえもん》、樽屋与左衛門《たるやよざえもん》、喜多村彦右衛門《きたむらひこえもん》を通じて、そこから町役人へと報《しら》された。

町役人はこの触れを担当区域に周知徹底する役目を持っている。

もちろん、触れとはいえ、幕府が出したものである。違反すれば厳しく咎《とが》められた。

また、店を開く、土地を売り買いするなどの届けも町役人から、町奉行所や勘定奉行所などへ出すという形を取る。

町役人ともめれば、そのあたりの嫌がらせを覚悟しなければならなかった。

「諫山さま、出かけますので供をお願いしますよ」

分銅屋仁左衛門はもう町役人を見もしなかった。

「どちらへ行かれるかの」

店先で雪駄《せった》を履いた分銅屋仁左衛門に左馬介が訊《き》いた。

「田沼《たぬま》さまのお屋敷へ」

「承知」

行き先を聞いた左馬介が応じた。

「た、田沼さま……」

幕府指折りの有力者、田沼意次《おきつぐ》の名前に町役人が顔色を変えた。

「……番頭さん」

分銅屋仁左衛門が出ていった後、町役人が番頭に顔を向けた。

「当家は田沼さまのお出入りを許されておりまする。一度、お見えも賜《たまわ》りました」

「ここへ……来た」

番頭の言葉に町役人が震えあがった。

大名や旗本の出入りとなる商家は多い。しかし、よほどのことがなければ、当主が店まで来ることはあり得なかった。しかも相手はお側御用取次《そばごようとりつぎ》として飛ぶ鳥を落とす勢いの田沼主殿頭《とのものかみ》意次なのだ。

「どうぞ、お帰りを」

商いの邪魔だと番頭が町役人を追い出しにかかった。

「い、今までのことはなかったこととしてくれまいか」

町役人が番頭に頼んだ。

「なかったことにはできませぬ。主が聞いたことでございますし、主を呼べと言われたのはそちらさまで」

つごうのいい話はないと、番頭が拒んだ。

「そこをなんとか、取りなして欲しい」

「…………」

縋《すが》る町役人を番頭が無言で見つめた。

「なんでもする。これ、この通り」

町役人が手を合わせた。

「そもそも当家の敷地を使おうという話はどこから出てきたので。まったく噂も下話もなく、いきなりというのはおかしゅうございましょう」

番頭が経緯を尋ねた。

「話の最初は、浅草蔵前《くらまえ》の連中が御堂を建てたことさ。そこから葺屋町《ふきやちょう》、堺町《さかいちょう》と拡がって、今じゃあ御堂がないほうが少ない有様。でまあ、口さがない連中が、こっちのことを仏なしとか、加護なしとか言うものだから、町内の若い者が腹を立てて、なんとか我が町内も御堂をとなってしまってねえ」

老人と違って若い者は、すぐに動く。その場の雰囲気に流され、後のことなど考えてもいない。

ただ、若い者は数が多いし、まとまりやすい。押さえつけたら、反発する。それに若い者の力がなければ、祭りや大掃除など人手のいる町の作業が滞ってしまう。

「だったら、若い者がどうにかするべきでしょう」

番頭がお粗末なことだと苦笑した。

「若い者に金なんぞあるものか。あれば酒か女に費やしてしまう」

「それで他人の懐《ふところ》をあてにするとは……」

町役人の嘆きに番頭がため息を吐《つ》いた。

「それだけじゃございませんね」

分銅屋で番頭を務めるとなれば、表だけで満足するはずもなく、その裏を話せと促した。

「若い者が騒ぎ出したところに、蓮屋《はすや》の旦那が口を出されてな。町内でもっとも金のある分銅屋さんに頼もうじゃないかと」

「蓮屋さん……といえば、小間物取り扱いの」

「その蓮屋さんだよ」

町役人が認めた。

「なるほど」

合点がいったと番頭が手を打った。

「思い当たることでも……」

「二百両で土地を売ってくれと求めてこられたのが蓮屋さんでした」

「……それは」

町役人も理解した。

「土地を寄付させて、形だけの御堂を建てた後、別のところへ移す。寄付された土地は町のもの。それを安くで買いたたく」

「なんという浅はかなまねを」

番頭の推測を聞いた町役人が啞然《あぜん》とした。

「主には伝えておきまする」

「申しわけなかった」

事情はわかったと言った番頭に、町役人が頭を垂れた。

三

浅草から神田橋《かんだばし》近くの田沼主殿頭意次屋敷までは、ちょっとした距離がある。

「駕籠《かご》を仕立てておくれな」

分銅屋仁左衛門が出入りの駕籠屋へ立ち寄り、一挺《ちょう》求めた。

「珍しいな」

普段は歩く分銅屋仁左衛門が駕籠に乗る。左馬介が驚いた。

「帰りに荷物が出ますからね」

行きではなく帰途のための手配だと分銅屋仁左衛門が答えた。

「田沼さまのお屋敷帰りか」

左馬介の雰囲気が変わった。

「頼みますよ」

「気を付けよう」

分銅屋仁左衛門の念押しに左馬介が首肯《しゅこう》した。

用心棒というのは、万一に備えるのが役目であった。盗賊、火事なども不意に起こるもので、あらかじめわかってはいない。

わかっていなかったから、強盗の好きにされました。これを許しては用心棒の意味がなくなる。

左馬介は周囲への気配りを念入りにやりだした。

「行きしなは大丈夫でしょう。ずっと気を張っていては疲れますよ」

分銅屋仁左衛門が左馬介をなだめた。

「盗賊は下見をかならずおこなう」

左馬介が断言した。

「掏摸《すり》などは、いきあたりばったりだが、盗賊のほとんどは下見をする。どこで襲うか、成功しても失敗してもどのようにして逃げるかなどを確認したうえでくる」

「…………」

何度も盗賊を退治した左馬介の緊張は、分銅屋仁左衛門にも伝わった。

下準備を怠った盗賊は逃げ惑い、捕まる羽目になる。

そして捕まれば、まず命はなかった。

十両盗めば、首が飛ぶ。盗人《ぬすっと》の刑罰はわかりやすい。盗んだ額が、あるいは品物の価値が十両をこえれば、事情などかかわりなしに斬首《ざんしゅ》にされる。ぎゃくにいえば、十両をこえないかぎり、敲《たた》きですむ。もっとも敲きでも使用するのは堅い木の棒なのだ。担当する同心あるいは小者《こもの》などの機嫌次第で死ぬこともある。だが、金さえ包めば、音だけで痛みのない敲きかたをしてくれたり、百敲きを八十回くらいで終わらせてくれたりもした。

ようは十両という境目で命にかかわる。

それだけに十両以上とわかっていて、襲ってくる連中は肚《はら》が据わっている。左馬介が警戒するのも当然であった。

「……ふむ」

小さく頭を左右に振って、周囲へ気を配った左馬介が唸《うな》った。

「どうしました」

分銅屋仁左衛門が駕籠から顔を出して訊いた。

「人が多すぎて、なにがなにやらわからぬ」

左馬介が困惑した。

「気を張りすぎると保《も》ちませんよ」

「わかっておるのだが……用心棒だからな」

凝《こ》り固まらないようにと言った分銅屋仁左衛門に左馬介が応じた。

「わかっているが……」

不意に左馬介が口を閉じた。

「気になるものでも」

分銅屋仁左衛門が小声で質問した。

「今日は、屋敷のなかへ入らずともよいか」

左馬介が許可を求めた。

最近、田沼意次は、左馬介に興味を持ち、目通りをさせたがる。

「……わかりました」

何度も危機を潜ってきた二人である。分銅屋仁左衛門は左馬介の要望を受け入れた。

「その代わり、勝手に動くことは許しませんよ」

一人で突っこむなと分銅屋仁左衛門が左馬介に釘《くぎ》を刺した。

「わかっている」

一人で無理をして、旗本の家臣を殺す羽目になり、しばらく町奉行所役人からしつこく疑われた。

左馬介は分銅屋仁左衛門の指示にうなずいた。

「ここでいいよ」

神田橋御門の少し手前で、分銅屋仁左衛門は駕籠を降りた。

天下の豪商といえども江戸城内郭の門を駕籠のまま乗り打ちすることは、非礼として咎められる。

「悪いけど、ここで待っていておくれな」

分銅屋仁左衛門は小粒金を一つ取り出すと、駕籠かきに渡した。

「飲み過ぎないようにしてくださいよ」

「おい、相棒。旦那から心付けをいただいた。おめえも礼を言いな」

「いつもすいやせん」

駕籠かきが揃《そろ》って頭を下げた。

「では、行きましょうか」

「うむ」

分銅屋仁左衛門が左馬介を連れて神田橋御門を潜った。

有力者の屋敷には、その権力のおこぼれに与《あずか》ろうと考える連中が列をなす。

「是非に拙者《せっしゃ》をご推挙願いたく」

出世を求める者、

「三年にわたり不作が続きましてございまする。なにとぞ、お手伝い普請《ふしん》を先延ばしにしていただきたく」

幕府の賦役《ぶやく》を避けたいと願う者、

「大奥へお出入りが叶《かな》いますよう、お力添えをお願いいたしたく」

商売の繁盛を追求する者などが、田沼意次の知己を得たいと屋敷を訪れる。

「これはご挨拶《あいさつ》でござる」

当たり前だが、手ぶらで来る者はいない。

身上、用件に合わせて、相応以上の品を持参する。

「ごていねいに」

あからさまな賄賂《わいろ》であるが、幕府はそれをあまり厳しく咎めなかった。なにせ、音物《いんもつ》を受け取るのは幕府の有力者なのだ。

衆人環視の目の前で金を遣《や》り取りするならばともかく、屋敷内でのこと。権力者も遠慮なく贈りものを受け取った。

ただ、面倒が一つあった。

金でくれればいいが、置物や茶器、名画となると始末に困る。

「これはいい」

もらった側が気に入ったならばいいが、

「絵に興味はない。茶道具ももう一つ」

好きでもないものを贈られてもうれしくはない。

「どうせならば、金でくれればよいものを」

そう思っていても、本音を口にするのは卑《いや》しいとして嗤《わら》われる。

「買わせていただきましょう」

そこで登場するのが、分銅屋仁左衛門のような出入り商人であった。

「この茶器を二百両で、その書は四十両で……」

主が不要としたものを金に換える。

「そろそろかと存じまして」

用件は決まっている分銅屋仁左衛門は、行列を横目に見て田沼意次の待つ書院へと通った。

「よき頃合いであった」

田沼意次が笑顔で分銅屋仁左衛門を迎えた。

「用心棒はどうした」

いつもなら廊下で大柄な身体《からだ》を縮こませている左馬介の姿がないことに、田沼意次が訊いた。

「連れては参りましたが……」

分銅屋仁左衛門が事情を語った。

「ほう、盗賊がか」

田沼意次が目を眇《すが》めた。

「御上のお膝元《ひざもと》で不埒《ふらち》なまねをいたすとは許しがたし。町奉行所へ厳しく命じてくれようぞ」

「お待ちをくださいませ」

憤《いきどお》る田沼意次を分銅屋仁左衛門が止めた。

「町奉行所のお役人が出張《でば》られまするると、盗賊は姿を消しまする」

「よいではないか、それは」

「それでは困りまする」

「どういうことじゃ。説明をいたせ」

分銅屋仁左衛門の言動に、田沼意次が首をかしげた。

「姿を消すと申しましたが、それはその場だけのこと。町奉行所のお役人が帰られたら、また出て参りまする」

「ならば、町奉行所の者をそなたに付けよう」

「無理でございまする。町方のお役人は数が少ないので」

続けての提案にも分銅屋仁左衛門は首を横に振った。

「数が足りぬと。町奉行所には何人おるのか、そなたは存じおるのだな」

「たしかとは申せませぬが、与力《よりき》さまが二十五人、同心さまが百二十人弱、それに小者が数十人ほど」

「ふむ。南北だとその倍……少ないの」

田沼意次が眉をひそめた。

「御用聞きとか申す手伝いの者は」

「与力さま、同心さまのすべてが捕り方をなさるわけではございませんので、いたところで四十人ほどかと」

分銅屋仁左衛門が御用聞きの数を口にした。

町奉行所の役人で、治安を担当するのは与力と同心を合わせて二十人もいなかった。その一人に一人の御用聞きが付く。そこに御用聞きの配下である下っ引きが加わった。

下っ引きの数は親分たる御用聞きの勢いがあるかないかで変わるため、多ければ十人、少なければなしということもあった。

「それで江戸の治安を守るのは無理だな」

「……………」

同意は幕府の力を信じていないとなる。分銅屋仁左衛門が困った顔で黙った。

「ここにはそなたと余だけだというに、手堅いの」

田沼意次が苦笑した。

「癖を付けておきませぬと、他の方の前でしくじるやも知れませぬ」

分銅屋仁左衛門が応えた。

「しかし、その数では、とてもそなたに十分な数の警固をつけることはできぬな」

「難しいかと」

話を戻した田沼意次に、分銅屋仁左衛門が同意した。

「なにより町奉行所が、一商人に便宜を図るというのはいささかまずいのでは」

「なにを申すかの。町奉行所には出入りというのがあるそうではないか」

田沼意次がにやりと笑った。

「そこまでご存じでございましたとは」

先ほどの町奉行所の人員の話も知っていてのことと分銅屋仁左衛門は理解した。

「金を出しておるのだろう」

「はい」

偽っても意味がないと分銅屋仁左衛門は素直に認めた。

「出入りは誰もがしておることか」

「していない者のほうが多うございまする。その日暮らしの者は、町奉行所に気を遣う意味がございませんし、商家の奉公人なども同様で」

「それ以外はしておるな」

「いたしてない店もあるように聞いておりますが、よほど小さな店か、御法度に触れる商いなどは」

「法度を犯している店は当然だな」

町奉行所が取り締まるべき店から金をもらって庇護《ひご》するなど論外であった。

「………………」

「なにか言いたそうだな」

反応しなかった分銅屋仁左衛門に田沼意次が引っかかった。

「御用聞きのなかには、賭場《とば》を自前でやっている者もおりまする」

「……弊害か」

すぐに田沼意次が気づいた。

　裏のことは裏でなければわからない。そのため裏に通じている者に十手《じって》を預けて、御用聞きにすることがあった。

　つごうが悪いのは、そこに裏の住人が食いこんできたことであった。

「ご手配の某が、どこに潜んでいるそうでございます」

　裏でないと知れないことを報告してくれる。その結果、与力や同心は大きな手柄を立てられる。

「近々お手入れがあるぞ」

　問題は見返りが要る。

　与力、同心が裏の住人と御用聞きを兼ねている二足のわらじに情報を漏らす。

「ありがとうございまする」

　手入れがあるとわかっていれば、賭場を隠すくらい容易である。

「御用だ、神妙にしやがれ」

　なかには敵対している賭場を手入れと称して潰《つぶ》しにかかる者もいた。

「害よりも益が多い……」

　田沼意次が頬をゆがめながら口にした。

「一度ご先代の公方さまが、御用聞き禁止を仰せになられたが……」

「形だけ御用聞きを辞めさせて、しっかりと繋《つな》がっていたようで」

「そなたもだな」

「申しわけなきことでございますが、御用聞きと縁を切りますといろいろと商いに差し支えて参ります」

分銅屋仁左衛門が頭を垂れた。

「いや、詫《わ》びずともよい。城下の民が安心して過ごせるようにするのが、御上の役目じゃでな」

小さく田沼意次が手を振った。

「殿……」

二人で話をしているところに、用人の井上伊織《いのうえいおり》が荷物を若い藩士に持たせて顔を出した。

「すっかり話しこんでしまったの」

田沼意次が分銅屋仁左衛門に笑いかけた。

「お忙しいところ申しわけございませぬ」

分銅屋仁左衛門が謝罪をした。身分差がこうした気遣いを要求する。これができないようではとても豪商にはなれなかった。

「伊織、それを」

「はっ」

言われた井上伊織が、荷物を分銅屋仁左衛門の前に置いた。

「拝見を」

預かりを書かなければならない。分銅屋仁左衛門が荷を解《ほど》いて、なかを確認した。

「玉の置物二点、茶道具、蓋置《ふたお》き一つ、花入れ一つ、つごう二点。金象嵌《きんぞうがん》の硯《すずり》、珊瑚《さんご》の数珠《じゅず》一つでよろしゅうございますか」

分銅屋仁左衛門が井上伊織に確認を求めた。

「結構でござる」

井上伊織が預かりを受け取った。

「では、わたくしはこれにて」

手早く荷をまとめた分銅屋仁左衛門が辞去の挨拶をした。

「待て、伊織。分銅屋仁左衛門に警固を付けてやれ。なにやら盗賊に狙われているらしい」

「とんでもない。ご家中のかたのお手をわずらわせるなど……」

分銅屋仁左衛門が顔色を変えて遠慮した。

田沼意次が分銅屋仁左衛門の拒否を却下した。

「かまわぬ」

ここで襲わせて撃退しておかなければ、後で店を狙ってくると話したばかりである。

「先ほど……」

分銅屋仁左衛門が、田沼意次に翻意《ほんい》を願った。

「そなたの危惧《きぐ》はわかるが、当家には当家の面目がある。当家にかかわりのある者を狙うなど、田沼に戦《いくさ》を仕掛けるも同然」

「一罰百戒《いちばつひやっかい》……」

田沼意次の意図に分銅屋仁左衛門が気づいた。

「うむ。田沼に手出しをする気にならぬよう、見せしめとしてくれる」

「……………」

こうなると分銅屋仁左衛門ではどうしようもない。親しく会話をしていたとはいえ、相手は幕府の重鎮なのだ。田沼意次の一言で分銅屋など吹き飛ぶ。

「田沼家に金目のものが集まっているということに、鼠賊《そぞく》どもが気づいた。それだけ評判になったのよ。まさに思惑通りではあるが、その金目のものを奪われれば、田沼への不安になろう。奪われたものを納めた者はとくにな」

「支払った金が、支払っていないことにされる」

「やはりそなたは賢いの」

分銅屋仁左衛門の答えに田沼意次が満足そうにうなずいた。

「余に渡したものは、それなりに効き目が出る。そう信じさせねばならぬ。かといって盗《と》られたものと他と同じ扱いにはできぬ。同じように望みを叶えたのでは、当家に来る前に盗られましたと偽りを申す愚か者が出かねぬ。他にも偽物を差し出して、あとで取り返してと考える間抜けもな」

「そのようなこと、田沼さまがお許しになるはずはないでしょうに」

分銅屋仁左衛門もあきれた。

「貧すれば鈍する。今の旗本や大名は、なぜ拙者だけが世に出られぬのだとか、吾《わ》が値打ちを気づかぬ者が多いと不満を申すばかり。ならば勉学なり武芸なりに励めと怒鳴りつけてやりたいわ」

田沼意次も盛大に嘆息した。

「巻きこむことになるが、安心いたせ。そなたにも利はあるようにいたすでな」

納得していない分銅屋仁左衛門に田沼意次が告げた。

四

左馬介は、行列から少し離れたところで、分銅屋仁左衛門を待っていた。

「さすがに御門を通っては来ぬな」

江戸城の門は大手《おおて》門や平川《ひらかわ》門など特別なところでなければ、民でも通行ができる。夜明けから日没までだが、盗賊など後ろ暗い連中にしてみると書院番《しょいんばん》や大名家の番兵、大番組などが固めている門に近づくのは怖ろしい。

「門から見えるところでは襲ってこないだろう」

基本、江戸城の諸門を守る番兵は、その場から離れることはなかった。しかし、門から見える範囲で騒ぎがあれば、物見《ものみ》くらいは出す。もし、その騒ぎが門へ影響を及ぼしたら、責任問題になるからであった。

「となると危ないのは、門を出て濠《ほり》沿いから町なかへ入った辺り……」

左馬介が推察した。

江戸城の付近は大名屋敷、名門旗本の屋敷となっていた。

武家屋敷の常として、朝の登城、夕の下城時刻以外は、人通りがほとんどなくなる。

「……空き屋敷が気になる」

　また、立ち並ぶ武家屋敷のなかには、いろいろな事情で空き屋敷となったところもある。とはいえ、江戸城が近いだけに、浅草辺りの廃寺とは違って、無頼たちが入りこんで賭場になったりはしていない。つまり無人の屋敷であった。

「どれが空き屋敷か区別がつかん」

　左馬介が悩んだ。

　江戸城に近い屋敷は、幕府の誇りでもある。

　そこに空き屋敷が出た場合、譜代《ふだい》大名の格にふさわしい広さがあれば、即座に次が決まる。これは江戸城に近いほど幕府に優遇されているとの考えがあるからであった。

　とはいえ、徳川にもっとも近い御三家《ごさんけ》の屋敷はお城からかなり離れている。

「江戸城が攻められたときの砦代《とりで》わりである」

　一応、一門なので信じての配置だとの言いわけはついているが、江戸城を攻めるような者はまずいない今、あきらかに冷遇であった。

　しかし、一門でもない他の大名にはかかわりはない。他の大名の城下町でもそうだが、住居が城から近いほど重臣、遠くなればなるほど身分軽き者になっている。

　今住んでいるところより少しでも城に近ければ、そちらに引っ越したがった。

それに対して旗本屋敷はどこであっても幕府からの拝領であり、近かろうが遠かろうが、別の話になる。というより旗本は役目に就いたり、加増を受けたりで屋敷が替わるため、なにもなしでの屋敷替えはよほどのことでもない限り認められはしない。

となると空き屋敷はある。

「お城から見えるところに見窄《みすぼ》らしいものはそぐわぬ」

家や屋敷は人が住まなくなると荒れ果てた。先日までお歴々といわれた旗本がいた屋敷が、留守になって数カ月で屋根瓦《がわら》が剝《は》がれ、草が生える。

城の周辺は櫓《やぐら》に登った将軍が目にすることもある。そのとき眉をひそめられれば、まちがいなく、碌《ろく》でもない羽目になる。作事《さくじ》奉行や普請奉行たちも下僚を動かす。

結果、江戸城付近であからさまに空き屋敷だとわかるところはなかった。

左馬介はどこで襲ってくるかわからず、戸惑っていた。

「お待たせでしたね」

分銅屋仁左衛門が田沼屋敷を出てきた。

「気疲れがないだけ、楽であった」

左馬介が本音を口にした。

「田沼さまも諫山さまに会いたかったと仰せでした。次は逃げられませんね」

分銅屋仁左衛門が笑った。

「勘弁していただきたい」

父の代からの浪人で、宮仕えをした経験もない。

会うといったら近隣か、その日雇ってくれた大工や職人の親方くらいであった。その左馬介が、天下を左右する田沼意次の前に出る。

左馬介が大きなため息を吐《つ》いた。

「これからも、外で……」

「あきらめたほうがいいと思いますよ。田沼さまはそのまま見過ごしてはくださいません」

逃げようとする左馬介に、分銅屋仁左衛門が手を振った。

「……それが荷物かの」

あからさまに左馬介が話題を変えた。

「そうですがね」

分銅屋仁左衛門があきれた。

「重そうだが、預かれぬ」

荷物を持てば、手が塞《ふさ》がってしまう。武器を遣うにつごうが悪い。それどころか、場合によっては荷物を投げ出さなければならなくなる。

「大丈夫でございますよ。これくらいは」

分銅屋仁左衛門が首を左右に振った。

「では、参りましょう」

「ああ。半歩後ろにおる」

横並びは論外、前に立つと後ろからの手出しに気づくのが遅れる。

警固には少し後ろから、分銅屋仁左衛門の姿を目に入れている状況が好ましかった。


分銅屋仁左衛門の身代は十万両とも言われていた。

「そのほんの一分を分けてもらうだけ」

昼から分銅屋仁左衛門の後を付けてきた連中をまとめている男が、空き屋敷の玄関に近い座敷で笑いを浮かべた。

「相手は吾が世の春とおごっている田沼主殿頭だ。挨拶金も一日に千両は固いと言われている。その金を分銅屋が預かっている」

推測ではなく断言することで、仲間のやる気を失わせないように男が盛りあげた。

「親爺《おやじ》さんよ。ということはだ、分銅屋は千両持っているということか」

大柄で少し若い男が訊いた。

「筒蔵《つつぞう》の言う通りだ。さすがに千両はないだろうが、五百両は固いと踏んでいる」

「いきなり半分か」

親爺と呼ばれた男の言葉に浪人風の男が苦笑した。

「それでも五百だぞ」

もう一人、小柄な壮年の男が浪人にすごいじゃないかと言った。

「四人で五百。もうちょっと多いかも知れねえが、儂《わし》は百五十両もらう。残りはいくらあっても文句は言わねえ。三人で好きにしな」

親爺が取りぶんを口にした。

「親爺が百五十か。五百だったら残り三百五十。一人百十五両、余りの五両は刀の研ぎ代として拙者がもらうぞ」

「五両くらいなら、先生の言う通りでいいや」

浪人の配分を小柄な男が認めた。

「枝助《えだすけ》の兄きがいいなら、いいけどよ」

筒蔵と言われた若い男が不満を見せながらも首肯した。

「分け前が決まったら、手順だ」

親爺がまず金の話をすませた。

「拙者は用心棒を押さえればいいのだな」

「押さえるんじゃなくて、後々追いかけてこられても困るんで、片付けてもらいますよ。研ぎ代を要求されたのは、そのためでしょう」

無理を避けようとした浪人を親爺が咎めた。

「……返り血を浴びた着物の代金ももらうべきだな」

「金の話の蒸し返しは御法度ですぜ」

枝助が浪人をたしなめた。

「ちっ」

浪人が舌打ちをした。

「先生が用心棒を片付けている間に、こちらは駕籠かきと分銅屋を始末する」

「駕籠かきくらいはいいだろう」

筒蔵が嫌そうな顔をした。

「逃がせば、騒ぎになる。このあたりは町方があまり出入りしないところだが、屋敷の連中が顔を出せば面倒だろう。さっさと黙らせるのがいい。面倒がるんじゃない」

親爺が冷たい声で述べた。

「駕籠かきを筒蔵と枝助、儂が分銅屋」

分担を親爺が明確にした。

「駕籠に乗っているということは、金も駕籠のなかということよ。すべてを片付けたら、そのまま駕籠を担いでもう一度、ここに入る。そこで金を分けて、好きなところへ逃げる。これでいいな」

「分銅屋の懐は放置するのか。そいつはもったいない。分銅屋の財布だ。きっと小判が詰まっているだろうに」

筒蔵が反論した。

「たしかに懐にも金はあるだろうが、そんなもの捨てておけ。どう頑張っても十両ほどだろう。その金のために手間取って、本来の目的をしくじったらどうする」

親爺が筒蔵を叱った。

「…………」

「そろそろ見張りを始めな」

黙った筒蔵から親爺が目を離し、枝助へ命じた。

「おう。ついてきな」

枝助が筒蔵の肩を叩《たた》いた。

「親爺、いいのか、あやつで」

残った浪人が筒蔵に不安を抱いた。

「いざというときは、あいつを捨てるだけ」

親爺が淡々と言った。

「後々うるさいぞ」

捨てられた筒蔵が黙っていないと浪人が首を横に振った。

「かまいませんよ。あっしはこれで身を退《ひ》きますので。この金を最後に江戸を売って、どこか田舎《いなか》で静かに余生を楽しみますよ」

親爺が隠居すると告げた。

一両あれば一カ月喰えるというのは諸色《しょしき》の高い江戸の話で、少し離れた宿場町や城下町ならもっと安くで生活ができた。

「仕事はどうするねえ」

「先生がやるというなら、どうぞ」

問うた浪人に親爺が答えた。

「来るぞ」

見張りに出ていた枝助が顔を出した。

「お願いしますよ」

親爺が浪人に声をかけて、立ちあがった。

駕籠は歩くよりも速い。

独特の拍子で駕籠かきは息を合わせて進んでいく。

「…………」

その拍子に合わさないと、後ろをついていくのは難しい。遅ければ間合いが開きすぎるし、速いと駕籠へ向かってつんのめる。

また、歩いている分銅屋仁左衛門を警固するときには、開けていた視界が駕籠で塞がれる。駕籠の真後ろにいると、前方が見にくくなる。かといって左右にずれれば、前は見えるが逆側の側面がわかりにくい。

左馬介は駕籠に歩みを合わせつつ、右へ寄ったり、左へ傾いたりしながら周囲への警戒を続けていた。

だが、これには大きな穴があった。

左馬介の後ろがまったくの空白になるのだ。そもそも用心棒は雇い主が襲われるだろうと思うからこそ供をしている。誰も用心棒が狙われるとは考えてもいない。

「……くたばれっ」

空き屋敷の裏門から出て大回りした浪人が、左馬介の後ろから襲いかかった。

「ふん」

左馬介は懐から出した鉄扇《てっせん》で振り返りざまに、これを受けた。

分銅屋仁左衛門から贈られた鞘《さや》ごと鉄の太刀《たち》を遣う間はなかったが、取り回しの利く鉄扇が間に合った。

「こいつっ」

浪人が後ろへ跳んで間合いを取った。

「なぜ気づいた」

「襲う前に声をかけてどうする」

左馬介が嘲笑《ちょうしょう》した。

「くそっ」

「真剣勝負の経験がないな、おまえ」

歯がみをした浪人を左馬介がさらに煽《あお》った。

こいつが出てきたということは、分銅屋仁左衛門にも盗賊は回っているとわかっているからであった。

「両手で足りぬくらい殺してきたわ」

浪人が言い返した。

「ただの人殺しであろう。真剣勝負とは互いの命を懸けての遣り取りぞ」

言いながらさりげなく鉄扇を帯へ差し、鉄棒に近い太刀を腰から抜いて構えた。

「きさまこそ、鞘を外し忘れているではないか。それでは斬れぬぞ」

浪人が嘲笑《あざわら》いを返してきた。

「おまえていど抜くほどではないわ」

「おのれっ」

もう一段煽ったところで浪人が斬りかかってきた。

「えいっ」

左馬介が鉄太刀を振るった。

「旦那、みょうな連中が近づいてきやす」

駕籠の先棒《さきぼう》から分銅屋仁左衛門は襲撃を報された。

「駕籠を降ろしておくれな」

落ち着いた声で分銅屋仁左衛門が要求した。

「へいっ」

駕籠が降ろされ、駕籠かきが息杖《いきづえ》を手に分銅屋仁左衛門の前に立ちはだかった。

走っている最中に地面を突いて拍子を取ったり、肩に掛かる重さを逃がしたりする息杖は四尺（約百二十センチメートル）から六尺（約百八十センチメートル）ほどの樫《かし》の棒で出来ており、そうそう切断されることはない。

「危ないから下がりなさい」

出入り客のなかでも最重要な分銅屋仁左衛門を守ろうとした駕籠かきを、分銅屋仁左衛門が手で制した。

「ですが、旦那……」

先棒がためらった。

「見ていればわかりますよ」

分銅屋仁左衛門が穏やかな声で告げた。

「念のために訊くが、分銅屋さんだね」

少し離れたところで止まった親爺が問うた。

「そうですが、商談は店でしかお受けしておりません。日をあらためてお見えいただけますかな」

分銅屋仁左衛門があしらった。

「悪いな、用はその駕籠のなかにあるものでね。黙って渡してくれないか」

「田沼さまからのお預かりものですよ」

お側御用取次に手出しをすれば、天下に手配される。それこそ、この国に居場所はなくなる。

「どなたさまのものでも、小判に名前が書いてあるわけではなし」

警告した分銅屋仁左衛門に親爺が笑った。

「おや、そこから間違っていましたか。田沼さまの帰りを狙うとはちょっとましな馬鹿だと思ってましたが、まったくの大馬鹿だったとは」

「どういう意味だ」

あきれた分銅屋仁左衛門に親爺が声を低くした。

「わたくしが預かったのは金ではありませんよ。茶器とかお道具の類《たぐ》い」

「…………」

「嘘《うそ》を吐《つ》くな」

分銅屋仁左衛門の言葉に親爺が黙り、筒蔵が声をあげた。

「盗んだとしても、売れませんな。どれほどの盗品買いでも田沼さまのものは扱えますまい」

盗品を安くで買い取り、離れたところまで運んで売ったり、好事家《こうずか》に密売したりする商人の風上にもおけない者がいた。

「……読み違えたか」

親爺が唇を嚙んだ。

「だが、手ぶらで帰るわけにはいかねえ。おい、手筈《てはず》通りに……」

後ろに控えている筒蔵と枝助に指示を出そうと振り向いた親爺が絶句した。

「……筒蔵、枝助」

二人の胸から切っ先が突き出ていた。

「田沼さまを甘く見ているからですよ」

分銅屋仁左衛門が親爺に氷のような声をかけた。

「馬鹿なっ、たかが商人のために」

逃げ出そうとした親爺の首が飛んだ。

「…………」

一瞬顔をしかめた分銅屋仁左衛門だったが、すぐにたたずんでいる田沼家の家臣たちに頭を垂れた。

「…………」

それを一顧だにせず、家臣たちが去っていった。

「怖ろしいお方だ。加増されたばかりで、新たに人を増やしたところだろうに……あれだけの手練《てだ》れを手にしておられる」

分銅屋仁左衛門が小さく震えた。

「……そういえば、諫山さまは」

思い出したとばかりに分銅屋仁左衛門が後ろを見た。

「……折れた」

鉄太刀とまともにぶつかった浪人の太刀が根本から折れていた。

「ぬん」

呆然《ぼうぜん》となった浪人に、左馬介が遠慮なく鉄太刀を撃ちこんだ。

第二章　妬《と》心《しん》の拡がり

一

田沼意次に誼《よしみ》を通じた者は、立身出世していく。

「頼もしきお方じゃ」

多くの賛美が田沼意次に集まり始めている。

「気に食わぬ」

「たかがお側御用取次の分際で」

幕府の執政のなかに不満が生まれた。

「…………」

すでに老中となっている者は、田沼意次のことを評しなかった。今の老中たちは皆、吉宗《よしむね》の薫陶《くんとう》を受けた者ばかりで、九代将軍家重《いえしげ》の政治に対する傅育《ふいく》も兼ねている。家重が寵愛《ちょうあい》している田沼意次に苦言を呈することはあっても、非難や中傷、ましてや反発などはしない。

田沼意次に敵意を向けているのは、そのほとんどがいずれ老中に昇りたいと切望している若年寄や側用人、遠く離れているが大坂城代、京都所司代らであった。

「このままでは田沼主殿頭《とのものかみ》に頭を押さえられるかも知れぬ」

前任の松平豊後守資訓《まつだいらぶんごのかみすけくに》が在任中に死亡したのを受けて、大坂城代から京都所司代へ異動したばかりの酒井讃岐守忠用《さかいさぬきのかみただもち》が、江戸屋敷から届けられた書信を読んで頬をゆがめた。

「酒井の名を、今一度天下に知らしめねばならぬというに」

酒井讃岐守が憤慨した。

酒井讃岐守は、かの四代将軍家綱《いえつな》の御世《みよ》、下馬《げば》将軍と恐れられた酒井雅楽頭忠清《うたのかみただきよ》の末裔《まつえい》になる。といったところで酒井讃岐守はその分家で一万石の小藩敦賀《つるが》藩から本家を継いだ讃岐守忠音《ただおと》の四男であった。長男以下三男までが若くして死んだことで当主となり、奏者番《そうじゃばん》から大坂城代、そして松平豊後守の急死を受けて京都所司代になった。

四代将軍家綱が継嗣《けいし》なく死亡したことで起こった継承問題でしくじりをしたことで、五代将軍綱吉《つなよし》の勘気に触れ、長く酒井雅楽頭の系統は冷遇されてきた。

その酒井家にふたたび執政の道を付けたのが、酒井讃岐守の父で先々代に当たる忠音である。

八代将軍吉宗に見いだされた忠音は、奏者番になるや五年で大坂城代、さらに五年で老中となり、吉宗の改革を支えた。このままいけば、酒井家はふたたび天下の執政を世襲し、いずれは雅楽頭忠清が務めた大老へと昇っていけるはずであった。が、忠音は四十六歳という若さで在職中に急死した。

それだけならばまだなんとかなった。

「父がよくしてくれた」

吉宗は人の心を摑《つか》むのがうまい。

急死した忠音の跡を継いだ三男忠存《ただあきら》を重用してくれただろう。だが、その忠存も二十一歳の若さで急逝してしまった。

「蒲柳《ほりゅう》の質ではな」

二代続いての急死、さらに忠音の嫡男《ちゃくなん》だった忠通《ただみち》も若死にしている。天下の大名や大奥、商人たちを敵に回しての改革を進めている吉宗である。健康に不安のある者を重用するわけにはいかない。大事なところで倒れられては、政《まつりごと》が止まってしまう。

「家督は許す」

跡継ぎがないからといって、功績のあった酒井家を潰《つぶ》すわけにはいかない。なんと か酒井家は傷一つ受けることなく四男だった讃岐守忠用に継承された。

「若すぎる」

ただ、ようやく十九歳になったばかりの讃岐守忠用にお役は与えられなかった。

「父と兄の無念を」

讃岐守忠用は必死に猟官《りょうかん》をした。

そのおかげか、それともそろそろ遣えるかと考えたのか、二十六歳にして讃岐守忠 用は奏者番兼寺社奉行に就任した。

「ここからじゃ」

職務に励むのはもちろん、一層猟官にも力を入れた讃岐守忠用は、なんと半年ほど で大坂城代へと異例の出世を果たした。

「父の遺徳である」

前任者阿部《あべ》伊勢守《いせのかみ》正福《まさよし》の病による急辞任の後釜《あとがま》とはいえ、他にも候補は何人もいた。 まだ二十七歳になろうかという経験の浅い讃岐守忠用が選ばれるには、相当な引きがなければならなかった。

「大御所さまのおかげである」

先日、将軍の座を長男家重に譲って大御所となった吉宗のおかげだと讃岐守忠用は感動した。

「一層の忠義を」

讃岐守忠用は一心に働いた。

「かならず執政となり、酒井家こそ徳川の重臣であるとして大老に昇ってみせる」

若い讃岐守忠用が奮起したのも当然であった。

「父は大坂城代から老中へと進んだ。余も同じく」

なまじ寺社奉行から大坂城代へ一年足らずで引きあげられたのが、讃岐守忠用を増長させた。

「京都所司代を命ず」

次こそは老中と思っていたところに届いた辞令は違っていた。

「なぜだ」

たしかに京都所司代は大坂城代よりも上席にはなるが、その差は江戸城中でどこに席を与えられるかというていどでしかなく、とても出世といえるものではなかった。

「余の立身を、いや、酒井家の足を引っ張ろうとしている者が出てきた」

五年前の厚遇との差が酒井讃岐守を憤慨させた。

「誰だ……この五年の間に出てきた杭《くい》は」

酒井讃岐守が探ったのも当然であった。

「こやつか……」

五年前は小姓組番《こしょうぐみばん》でしかなかった田沼意次が、お側御用取次という重き役目に就いている。

「割りこむつもりか」

老中に正式な定員はないが、おおむね五人とされている。

譜代大名で城主、あるいは城主格という規定のようなものもあるが、それは将軍の心一つで適《かな》えられる。

「一万石を与え、城主の格式を許す」

将軍がこう言えば、明日でも田沼意次は老中になれる。

一応、老中になるには若年寄、側用人、大坂城代、京都所司代のいずれかを経験しなければならない。政について学ぶためであった。とくに大坂城代、京都所司代は必須とされている。もちろん、明文化されていないので、両者に就任せず老中になった例はある。幕初は奏者番からいきなりということもあった。

しかし、幕府も百五十年をこえれば前例が決まりごとになっていく。

「我らが苦労したというに、遠国《おんごく》を経験せぬような若輩が執政など片腹痛いわ」

老中たちが己《おのれ》たちの権威付けをし始める。

「大坂城代から老中へ。これが酒井家の慣例になる」

「慣例は崩してはならぬ」

酒井家の当主は代々老中、いや大老になる。幕府にもそれを慣例と思わせるために、
酒井讃岐守はなんとしてでも老中にならなければならない。

「左門《さもん》はおるか」

酒井讃岐守が手を叩《たた》いて、腹心を呼んだ。

「お召しでございまするか」

隣の部屋で控えていた左門がすぐに廊下で控えた。

「近《ちこ》う寄れ。他聞をはばかる」

酒井讃岐守が扇子《せんす》で招きをした。

「御免くださりませ」

腹心は躊躇《ちゅうちょ》してはいけなかった。

呼ばれても二度は遠慮するという無駄な礼儀は、主君の貴重なときを浪費する。

「江戸へ参れ」

「はっ」

用件も訊《き》かず、左門が首肯《しゅこう》した。

「そなたにしか任せぬことである」

「ご信頼、かたじけのうございまする」

まさに腹心の誉《ほま》れ、左門が感激した。

「なにをいたせばよろしゅうございましょうや」

左門が役目の内容について尋ねた。

「田沼主殿頭の失点を探せ」

「わかりましてございまする」

疑問なく左門が引き受けた。

幼少の砌《みぎり》、熱病を発症したことで九代将軍家重は発語が不明瞭となってしまった。

「……と仰せである」

長く側役《そばやく》を務めている大岡出雲守忠光《おおおかいずものかみただみつ》だけが、そんな家重の言いたいことを聞き取れる。

「ひゃきには……」

「よきにはからえとのご諚《じょう》である」

老中の目通りでも大岡出雲守がいなければならず、

「御上《おかみ》の秘事にかかわる。側役ていどでは知ることは叶《かな》わぬゆえ、席を外せ」

他人払《ひとばら》いで遠ざけられてしまえば、

「公方《くぼう》さまのお許しが得られた」

その老中が家重の意思を枉《ま》げてしまうこともある。

「手間がかかる」

表には出さないが、老中たちの不満も家重はわかっている。

こうなると政を滞留させてしまいかねない。

「と、ともんへ」

「主殿頭へ任せると」

家重は政への興味を失った。

「このようなお話を公方さまにお聞かせするわけには参りませぬ」

「御用の向き、しかと承知いたしましてございまする。ご披見いただいたのちにお筆を頂戴いたしまする」

お側御用取次として、田沼意次は用件を取捨選択するようになった。

「生意気な」

「なにさまのつもりか」

当然、不服を持つ者が増える。

「さようかの。よくお仕えしていると思うが」

「公方さまがご信任なされているのである。我らがとやかく言うのは、軽率のそしりを受けても……」

しかし、最近、田沼意次を庇《かば》う者がでだした。

田沼意次に金や贈りものをして出世した者である。

「はて、この書付は三日前に届いたものでは。宛先は……主殿頭さまでございますぞ。よろしいのかな」

実務をおこなう役人にも田沼意次の影響がしみこんでいる。

まだお側御用取次でしかない田沼意次を巡って、幕府が二分され始めた。

「お目通りを願う」

前触れもなく、御三家尾張権中納言徳川宗勝《おわりごんちゅうなごんとくがわむねかつ》が御休息の間に来た。

「伺って参りまする。しばし、お待ちをくださいませ」

「不要じゃ。尾張は格別の家柄である」

家重の都合を訊くまで待ってくれと求めた田沼意次を徳川宗勝は拒否した。

「ですが……」

無断で通してしまえばお側御用取次の意味はなくなる。とはいえ、相手は徳川家の分家筆頭の尾張家である。さすがの田沼意次も強権を使えなかった。

「紀州《きしゅう》の出が、一人前の旗本面《づら》をするな」

徳川宗勝が田沼意次を侮蔑《ぶべつ》した。

御三家の当主は尾張、紀州、水戸《みと》にかかわりなく、家臣との間に大きな溝があった。

それは御三家創立当初まで遡《さかのぼ》る。

徳川家康《いえやす》の九男義直《よしなお》、十男頼宣《よりのぶ》、十一男頼房《よりふさ》を祖とする御三家は、譜代大名、旗本のなかからお付きの家臣を分けてもらって立藩した。

「我らは徳川の直臣《じきしん》である。神君家康さまのお指図で御三家へ配置されただけ」

御三家の家臣には、直臣であったという矜持《きょうじ》が根付いている。

「誰が禄《ろく》を出していると思っておる」

当然、御三家の当主はおもしろくない。おまえに仕えているわけではないと言われているも同然だからだ。

それに吉宗が結論を付けた。

「本家に跡継ぎなきとき、その血を返せ」

御三家は本家が絶えたときのための予備だと、家康は遺《のこ》している。それは御三家から将軍が出たとき、封も家臣も城も幕府へ返却しろという意味も含んでいた。

それを吉宗は無視した。

吉宗は四十人ほどの藩士を連れていっただけで、多くの家臣を残し、分家筋から養子を取って紀州藩を存続させた。

「我らはなんだったのか」

御三家に付けられた者たちが嘆いた。

「藩主公を将軍に押し上げる意味はなくなった」

家臣たちのやる気が削《そ》がれた。

分家から本家を継いだ喜びを感じている紀州を除く、尾張、水戸の両家の当主はたまったものではなかった。

今までは直臣だと胸を張って、藩主の言うことに従わず、旗本復帰の夢が断たれたとわかるや意気消沈する。

「御三家の当主は予備でしかない」

そう突きつけられた。

いや、もっと悪かった。

「将軍の血が薄くなるのはよろしからず」

吉宗は将軍の補充先と吾《わ》が子に、田安《たやす》、一橋《ひとつばし》という分家を立てさせた。御三家に次ぐ格式と遠慮はしているが、将軍の血にもっとも近い分家には違いない。

そう、吉宗は御三家から将軍が出ることはもうないと宣言したのであった。

「気に入らぬ。もとは尾張の次席紀州の出であろうが」

徳川宗勝が憤怒《ふんぬ》したのも当然であった。

そして、その怒りは吉宗について、江戸入りした者たちへも向けられたのであった。

「今、なんと仰せになられました」

「聞こえなかったのか、紀州の出……」

雰囲気の変わった田沼意次にもう一度言いかけた徳川宗勝が気づいた。

「あ、いや、先代さまのことではなくだな」

紀州の出を馬鹿にするということは、吉宗を侮辱するに等しい。ひいては今の将軍家重を嗤《わら》ったことにもなる。

徳川宗勝が顔色を変えた。

御三家といえども、将軍には逆らえなかった。

「尾張に叛意《ほんい》あり」

謀叛《むほん》を疑われれば、御三家といえども無事ではすまなかった。なにせ、初代家康が息子の五男松平忠輝《まつだいらただてる》を謀叛の罪で改易《かいえき》のうえ流罪《るざい》にしている。さらに三代将軍家光《いえみつ》も弟駿河大納言《するがだいなごん》徳川忠長《ただなが》を自裁させてもいる。

徳川宗勝の勢いが大きく減じた。

「ここでお待ちを」

「うむ」

田沼意次の要求に徳川宗勝が応じた。

「お目通りをお許しいただき感謝いたしております る」

徳川宗勝が家重の前に手を突いた。

「うむ」

家重がうなずいた。

「お健やかなご様子……」

「…………」

決まりきった挨拶《あいさつ》を続けようとした徳川宗勝を家重が止めた。

「用件をと公方さまは仰せでございまする」

側を離れるのは厠《かわや》へ行くときだけの大岡出雲守が家重に代わって問うた。

「ならば……」

徳川宗勝が姿勢を正した。

「昨今、公方さまのご寵愛をよいことに……」

諫言《かんげん》を徳川宗勝がおこなった。

「……なにとぞ、ご賢察をもって、ご判断を願いまする」

徳川宗勝が田沼意次を放逐《ほうちく》しろと述べた。

「ふっ、ふよ……」

家重が手を振って徳川宗勝の意見を却下した。

「公方さまっ、わたくしは決して恣意《しい》ではなく……」

「…………」

言いつのろうとする徳川宗勝へ家重が無言で手を振った。

「下がれとの御意《ぎょい》にございまする」

誰が見てもわかる。

「……お目通りをいただき、かたじけのうございました」

いかに御三家の当主とはいえ、将軍に逆らうわけにはいかなかった。

無念そうな表情で徳川宗勝が家重の前から下がった。

「…………」

御休息の間控えで、田沼意次が無言で徳川宗勝に向けて一礼した。

「このままではすまさぬぞ」

徳川宗勝が田沼意次に低い声で告げ、睨《にら》みながら去っていった。

「ご随意に」

田沼意次は平然としていた。

「公方さまに要らぬ口出しをした。これがどのような結果を招くか、いずれ思い知ることになる。少なくともご当代さまの御世《みよ》において、尾張に御手元金拝領あるいは貸与はない。もちろん、余がいる間もな」

徳川家は将軍として、すべての大名を支配している。大名たちは徳川家に忠誠を誓い、その命じるところに従う。その代わり、徳川家は大名たちの願いに応じなければならなかった。

「なにとぞ、お慈悲をもって、お助けをいただきたく」

大名の願いでもっとも多いのが、御手元金拝借であった。

冷害、水害などの天災が続き、十分な収入が得られないことが続いたり、城下町が全焼するような大火に見舞われたりした大名が、将軍へ借金を頼む。

さすがに金利はつかないが返済期限はある。それまでに返せなかったときは、登城停止、閉門などの咎《とが》めを受ける。

ただ御三家の場合は御手元金拝借ではなく、御手元金下賜《かし》となる場合がほとんどであった。これは一門であるということと、二代将軍秀忠が家康の形見分けのときに発した言葉によった。

「余は天下を譲られた。これ以上は過分である。神君のご遺品は他の者たちで分け合うがいい」

度量を見せつけたかったのか、兄である秀康《ひでやす》を差し置いて世継ぎとなったことへの遠慮か、秀忠は財を求めぬと表明した。

これがいつの間にか、本家は御三家に援助をするのが当然であるに変わった。

御三家は尾張の六十二万石、紀州の五十五万石、水戸の三十五万石と、皆大領を与えられている。とはいえ、そのぶん家臣も多く、徳川の一門という体面も維持しなければならないので、出費も多い。

御三家の実態は、かなり厳しい状況であった。

「誰が公方さまの敵にまわるか」

田沼意次が瞑目《めいもく》した。

二

番頭から町役人が持ちこんだ話の裏を聞いた分銅屋仁左衛門は、黙っていなかった。

「そんなに角地に値打ちがあるというならば、わたくしがいたしましょう」

「普請《ふしん》をなさる気かの」

左馬介が角を壊すのかと問うた。そうなれば普請が終わるまで、大工や左官、その弟子たちに人足連中と、いろいろな者が出入りする。言うまでもなく、大工や左官は分銅屋出入りのしっかりとした身元の者だが、その弟子、日雇いの人足までは十分に下調べはしていない。

分銅屋の金を狙っている連中が弟子や人足を買収して中の様子を聞き出したり、人足に化けて直接確認したりすることもある。

用心棒として普請は面倒でしかなかった。

「そんな金なんぞ遣いませんよ」

左馬介の危惧《きぐ》を読み取った分銅屋仁左衛門が笑いながら手を振った。

「では、どうすると」

左馬介が興味を見せた。

「屋台店を出してみようかと。届け出はすべて通りますからね」

「ほう」

分銅屋仁左衛門の考えに左馬介が感心した。

いつでも動かせるという理由で、屋台店を開けたという届け出はまず出されなかった。一応、御成《おなり》のときには前日までに撤去しておかなければならないが、あとはよほど人通りの邪魔にでもならない限り、町奉行所がなにか言ってくることはない。

「挨拶はどうなっている」

質《たち》の悪い御用聞きが、集《たか》りにやってくることはある。というより、ないほうが珍しい。

「馳走《ちそう》になっておくぜ」

ただ飯、ただ酒はもちろん、

「いい女を用意しな」

岡場所で金を払わず、遊女を抱いたり、

「この品がたしかなものかどうか、見定めてやるよ」

品物を勝手に持っていったりする。

「ご勘弁を」

断ろうものなら、店の前で一日十手をひけらかし、入ろうとする客を威圧したり、若い者を使って、店を潰したりもする。

だが、分銅屋仁左衛門にその怖れはなかった。

南町奉行所同心佐藤猪之助《さとういのすけ》とその手下である御用聞き五輪《いつわ》の与吉《よきち》の二人が、分銅屋仁左衛門に手出しをして報復をくらったからであった。

「出入りを遠慮いたしましょう」

分銅屋仁左衛門が佐藤猪之助らを止められなかった町奉行所に怒り、節季ごとに支払っていた心付けの金を出さないと宣言した。さらにその経緯を江戸の商人へ広め、同調者を募ったのだ。

「すまなかった」

商人たちの叛乱《はんらん》に、町奉行所が折れた。

薄禄《はくろく》の与力、同心にとって商家からの心付けは重要な余得である。

結果、佐藤猪之助は町奉行所から放り出され、それでもしつこく分銅屋仁左衛門に絡んだことで罪に落とされて入牢《じゅろう》、そこで牢死した。また、佐藤猪之助に同情した五輪の与吉も分銅屋仁左衛門に挑み、捕縛された。

「あとを引き受けなさい」

五輪の与吉の縄張りは、浅草門前町という金のなる木であった。そこが空いたとなれば、あちらこちらから手を出してくる者が出てくる。その前に分銅屋仁左衛門は出入りの御用聞き布屋《ぬのや》の親分をそそのかした。

分銅屋仁左衛門の後押しで浅草門前町をも縄張りにできた布屋の親分は、それに深く感謝している。

そのうえ、先日の町役人の失態である。

分銅屋仁左衛門がどのような屋台を出そうとも、どこから文句がでることはない。

「儲《もう》かるだろうな」

左馬介が笑った。

「場所がいいですからねえ。商うもの次第では、かなりの儲けが見こめますな」

分銅屋仁左衛門も口をほころばせた。

「その儲けが要るのかの」

「別に要りませんな」

尋ねた左馬介に分銅屋仁左衛門が首を横に振った。

「わたくしや店の者は忙しいので、とても屋台の面倒まで見られませぬし」

「だがやるのだろう」

「ええ。嫌がらせですよ。蓮屋への」

確かめるように訊いた左馬介に分銅屋仁左衛門が嗤《わら》った。

「わたくしにちょっかいをかけて、なにもなかったとなれば、増長しましょうし、馬鹿が同じようなまねをしかけてきかねませんからね。手間をかけるのは一度ですませたいでしょう」

「であるな」

一罰百戒にすると言った分銅屋仁左衛門に左馬介も同意した。

「人をどうするおつもりか」

「喜代《きよ》にやらせてみようかと」

左馬介の問いに分銅屋仁左衛門が答えた。

「お喜代どのに」

左馬介が驚いた。

喜代は分銅屋で主《あるじ》の世話を担当する上《かみ》の女中であった。礼儀、裁縫、掃除、炊事など一通りのことができるため、重宝されていた。

「そろそろ喜代も嫁入りをさせねばなりませぬし。屋台の儲けをその仕度にしてやればと」

分銅屋仁左衛門が述べた。

江戸でも上方《かみがた》でもちょっとした商家では、長年勤めてくれた女中の嫁入り仕度をするのが常識であった。

「親元と思っていいからね」

実家がない、あってもすでに代替わりしていて帰りにくいなどの事情がある女中には、親代わりを務めることもある。

「心遣いもでき、機転も利く。ついつい喜代を手放せず、引き留めてしまいましたが、さすがにそろそろ考えてやらねばいけません」

分銅屋仁左衛門がため息を吐《つ》いた。

「今でも十分に嫁入りさせるだけの用意はありますが、店のなかばかりでは、いい男も見つけられますまい」

上の女中というのは来客対応もする。

「なかなかいい人だね。どうだろう、家《うち》の番頭の嫁に」

来客からそういった話が持ちこまれ、縁談がまとまることもある。

「店の番頭はすでに嫁をもらってますし、手代たちはまだまだ商いの性根が入っていません。今、女房を持たせたりしては、かえって浮かれてよくない」

言うまでもなく、同じ店のなかで相手を見つけるのがもっとも多いが、分銅屋のなかでは難しいと仁左衛門が首を左右に振った。

「難しいものだの」

左馬介が分銅屋仁左衛門の苦労を思った。

「いかがです。喜代は」

分銅屋仁左衛門が左馬介に声をかけた。

「……えっ」

左馬介が息を呑《の》んだ。

「いつまでも独り身ではおられませんでしょう」

「しかしだな、浪人は明日どうなるかわからぬ。とても妻など……」

「どうかなるのでございますか。それは当家をお辞めになると。なにかご不満でも」

首を横に振った左馬介に、分銅屋仁左衛門が真剣な顔をした。

「とんでもない。分銅屋どのに、なんの不満があるものか」

「ならばよろしゅうございましょう」

分銅屋仁左衛門が左馬介を見た。

「………」

「なにかお言いになりたいことでもございますか。ご遠慮なくどうぞ」

躊躇している左馬介に分銅屋仁左衛門が促した。

「今はよいのだ。まだ身体《からだ》は動くし、三年前とか五年前とかに比べても強くなっている。だが、いずれ、体力は衰える。まともに用心棒ができなくなる日が来る」

左馬介が難しい顔をした。

「それは前も申しましたように、諫山さまの夢を遂げていただくつもりでおりますよ。鉄扇《てっせん》術の道場を作らせていただきます」

かつて左馬介の夢を聞いた分銅屋仁左衛門は、それを応援すると約束していた。

「もちろん、分銅屋どののことは信じておる。問題は、吾《われ》のほうにある」

「諫山さまに……」

分銅屋仁左衛門が首をかしげた。

「不要なのだ。道場を始めたとき、弟子が集まるか」

左馬介が危惧を口にした。

天下が統一されて百五十年余、世は泰平を謳歌《おうか》している。

刀槍《とうそう》、弓で武を競った時代は遠くなり、今の武士は刀を算盤《そろばん》、弓を学問に変えて立身出世を狙う。

一応、武士という体面があるため、剣術ていどは学ぶが、ほとんどは形だけで、家督を継いだり、役目を得たら道場へ通わなくなってしまう。

当然、町道場の状況も悪い。弟子が減れば、束脩《そくしゅう》が入ってこず、道場の維持さえ無理になるからだ。

そんななか、鉄扇術という見たことも聞いたこともない武術など誰が学ぼうとしてくれるのか。

「なるほど、ご不安でしょう」

左馬介の不安を分銅屋仁左衛門が理解した。

「ですが、大丈夫だとは思いますよ」

「大丈夫……」

明るく言った分銅屋仁左衛門に左馬介が怪訝《けげん》な顔をした。

「少なくとも、浅草では諫山さまの評判はよろしゅうございます」

分銅屋仁左衛門が説明を始めた。

「拙者の評判がいい……」

左馬介が戸惑った。

「お気づきではなかった。それはそれは……諫山さまらしいですが」

一層分銅屋仁左衛門が笑みを深くした。

「まず、お仕事振りがまじめでございましょう」

「それは当然だろう。命と同じ金をもらっているのだぞ」

分銅屋仁左衛門に言われて左馬介が応じた。

「そうでもないのでございますよ。用心棒のなかには夜中眠りこけて、盗賊の侵入に気づかなかったとか、酷《ひど》いときは盗賊を手引きしてといった輩《やから》がまままありまする」

「むうう」

昔なじみの浪人が、分銅屋へ推薦してくれと左馬助へ言ってきたことがあった。分銅屋仁左衛門があらたな用心棒は不要と言っていたのもあり、またその浪人に左馬介が懸念《けねん》を抱いたこともあって拒んだが、後日盗賊として分銅屋へ狙いを付けていたと知れた。

「そして、なにより諫山さまが対峙《たいじ》した盗賊の数がすさまじい」

「……………」

褒《ほ》める分銅屋仁左衛門に左馬介がなんとも言えない顔をした。

「それも刀ではなく、鉄扇を遣ってのこと。鉄扇とは刀にも勝てると皆感心しております る」

「たしかに、もともと刀を防ぐために考え出されたものだからな」

分銅屋仁左衛門の話に左馬介がうなずいた。

鉄扇術は左馬介の祖父が、川中島《かわなかじま》の合戦で戦った上杉謙信《うえすぎけんしん》と武田信玄《たけだしんげん》の逸話をもとに考案したものである。

馬上から斬りつけた上杉謙信の一撃を、座ったままの武田信玄が軍扇《ぐんせん》で防いだという、本当かどうかさえわからない講談話に憧れた祖父が創始者であった。

さすがに木で出来た軍扇では真剣を防げないというのと、諫山家の身分で一軍の将たる証《あかし》である軍扇を持つことは許されなかったため、鉄扇になった。

さらに左馬介の父のときに会津《あいづ》藩を放逐されたことが、鉄扇術の昇華に繋《つな》がった。

ようは日雇い浪人は雨、風で仕事がなくなるので、鉄扇術を研鑽《けんさん》する暇があったというだけだが、祖父、父によって完成したとまでいわずとも、一通りの型を編み出した。それを左馬介は子供のころから、学んでいた。

「それにわたくしども町人は、刀を持てませぬ」

幕府は刀を武士身分の証明として、民に所有は認めても所持はさせなかった。

「ですが、鉄扇は問題ございません。護身として流行《はや》るとまでは言いませんが、それなりに学ぶ者はおりましょう」

「そうか」

左馬介が顔色を明るくした。

「道場によって違いますが、本式なものでないところは、お武家さまより町内の若者で賑《にぎ》わっておりますよ」

「町内の若い者が剣術を……」

分銅屋仁左衛門の言葉に左馬介が驚いた。

「武士になれるわけでもないだろうに」

幕府は身分を固定している。養子に入るといった手を使えば、町人でも武士になれるが、己一代で成り上がることは難しい。剣術よりも算盤や学問で名をなしたほうが、早い。

「もてるんだそうですよ」

「はあ」

思わず左馬介がみょうな声を出した。

「剣術をやっていると身体に肉が付いて、岡場所や吉原の遊女たちに惚《ほ》れられるんだとか」

「なにを考えているのか……」

笑いながら述べた分銅屋仁左衛門に左馬介が頭を抱えた。

「諌山さまも遊女を抱かれるでしょう」

「滅多にないが」

分銅屋仁左衛門に確かめられた左馬介が首肯した。

今でこそ分銅屋に雇われて、月に三両という高額な金をもらっているが、もとは人足仕事にありつければ、三日生きていけるといった日雇いであった。

当然、金は食、住、衣の順番で消費され、遊興に属する女郎買いは最下位になる。左馬介も健全な男であるから、たまに発散しないと不都合が起こる。それでも月に一度岡場所へ行くのが精一杯で、足繁《しげ》く通わなければならない馴染《なじ》みにはなれなかった。

「馴染みもないのにもてるはずもない」

吉原はもちろん、岡場所でも同じ遊女のもとへ通うのが決まりのようなものであった。とはいえ、そういった余裕のない者もいる。

左馬介のような浪人は、そのときに持っている金で揚がる見世も替わる。となれば敵娼《あいかた》を決めることなどできない。

一期一会は茶の心得だが、遊女にとって一夜限りの客なんぞ、話をする意味さえない。

「噛みつくのは勘弁だから」

跡を付けられてはたまらないという注意だけして、ほとんどの遊女が仰向《あおむ》けに寝て、股を大きく拡《ひろ》げる。

ようは、やることやって、さっさと帰れということである。

こういった目に遭い続けてきた左馬介にとって、遊女にもてるという意味がわからなかった。

「なんと申しますか……」

哀れだと言わんばかりに、分銅屋仁左衛門が首を左右に振った。

「まあ、そういう連中がいるということを知っていただけばよろしゅうございます」

分銅屋仁左衛門が苦笑した。

「しかし、鉄扇術がもてるか。剣術ならば、新陰流《しんかげ》だとか一刀流《いっとう》だとか、誰でも知っている名前がある」

鉄扇術は剣術に比して、無名すぎると左馬介が嘆息《たんそく》した。

「女たちにとって、流派なんぞどこでもいいのですよ。鉄扇術は剣術より有利ですし」

「…………」

意味がわからないといった表情を左馬介が浮かべた。

「剣術は、女の前で披露できませんでしょう」

「たしかに」

真剣はもとより、木刀、竹刀《しない》でも振り回せば危ない。

「やってみせてと遊女に頼まれたとき、得物《えもの》なしで型を見せる。どうですかな」

「……間抜けだな」

創造した左馬介が頬を緩《ゆる》めた。

「しかし、鉄扇術はできましょう。なにも鉄扇でなく、扇子でも型は見せられる。扇子なら振り回しても危なくありません、しくじったところで障子に穴を開けるていど」

「たしかにそうだ」

左馬介が認めた。

「それに扇子を遣っての型なら、女にも教えられましょう」

「教えてどうなる」

「あいかわらず朴念仁《ぼくねんじん》ですな」

ため息を吐いた分銅屋仁左衛門が左馬介を見た。

「こうするんだと女の手足を触れましょう」

「……ああ」

ようやく左馬介が納得した。

「遊女は後で堪能《たんのう》できましょうが、素人《しろうと》女の場合はなかなか身体に触れることができません。それができるとなれば……」

「若い男が飛びつく」

「はい」

「あまり誇れることではなさそうだが、弟子獲得になるならばいたしかたないな」

「そうですよ。お客さまがあっての商い」

分銅屋仁左衛門にとって、道場の師匠、弟子の関係も商売であった。

「さて、これでご懸念はなくなりましたな」

笑顔のままで分銅屋仁左衛門が左馬介に問うた。

「喜代どのとなれば、こちらに文句はなし。ただ、喜代どのの意向もあろう」

左馬介がここで決めることではないと首を横に振った。

江戸は女の数が少なかった。これは地方から江戸で一旗揚げようとしてやってくる男が多いからである。

百姓の次男以降、店を継げない商家の息子、仕官を求める浪人などが、旅をして江戸へやってくる。しかし、女は違った。

女の一人旅は危ない。峠や山道はもちろん、街道筋でも人さらいや強盗は出る。それどころか城下町でさえ、女と見れば捕まえて売り払おうとか、おもちゃにしようとかする者がいる。駕籠《かご》かきや馬匹《ばひつ》も他人目《ひとめ》がなくなれば、豹変《ひょうへん》する。

どうしても女が旅をしなければならないとなったときは、知人や親戚に同行を頼むことになる。

もちろん、そうなったときの宿代、食事代などは女持ちである。相模や下総あたりの一日二日で来られるところはまだいい。道中手形がないとこえられない箱根、碓氷《うすい》などの関所をこえてとなると、とてもではないができなかった。

男はいくらでも流れてくる。されど女は増えない。

こうなると女の奪い合いになる。武家の女は家のために顔くらいしか知らない男のところへ嫁ぐが、町人は違った。

「おといお出《い》で」

「稼ぎもないくせに」

女が男を選ぶ。

「喜代が嫌がるとは思いませんがね」

分銅屋仁左衛門が微妙な笑いを浮かべた。

「訊いてみましょうか」

「待ってくれ」

喜代を呼び出そうとした分銅屋仁左衛門を左馬介があわてて制止した。

「今、そういう状況ではなかろう」

「……そうでしたな」

左馬介に言われて分銅屋仁左衛門が落ち着いた。

「分銅屋どのが、田沼さまお出入りだと盗人《ぬすっと》どもに知られている」

「はい。町役人でさえ気づいていなかったことを」

分銅屋仁左衛門が同意した。

両替商は他の商売と違って、大奥出入りだとか御三家御用達《ごようたし》といった看板を出していない。これは扱うものが金だからであった。

武家は金を汚いものとしていた。小判を銭に、銭を小判に替える両替商に用があると思われるのは、嫌がる。

「当家出入りを許す」

だからといって、用があるたびに両替屋を探していては手間であるし、金のことをあちこちに知られることになる。

ただ、店に看板を揚げさせないだけで、実際には出入りという両替商はあった。

「金さえ渡せば、立身させてもらえる。田沼屋敷には金が唸《うな》っていると江戸の者は皆知っておりますな」

武士から米を取りあげ、金に換える。豊作、凶作で上下する収入では、五年先、十年先を考えての動きができない。

「金がなければ、なにもできぬ世に武士を適応させる」

亡くなった八代将軍吉宗は、田沼意次に言い遺した。

その田沼意次に分銅屋仁左衛門は協力している。両替商では儲けが薄いので、分銅屋仁左衛門は金貸しもやっている。金貸しにとって金を嫌う武家を客にすることができれば、商いが大きくなる。

その縁で分銅屋仁左衛門は田沼意次の出入りとなった。

もちろん、表沙汰《おもてざた》にできない理由なのだ。分銅屋仁左衛門が田沼意次と金で繫がっているということを知っている者は少なかった。

「気をつけねばなりませんな」

「うむ」

先ほどまでの浮ついた雰囲気は消えていた。

三

浅草には人が集まる。

もちろん、その多くは金龍山浅草寺《きんりゅうざんせんそうじ》へ参詣する信心深い者であるが、他にも吉原などへ遊びに行く者もいた。

人の集まるところには、悪所《あくしょ》ができる。岡場所、博打場《ばくちば》などが林立している。そして悪所にはそれを支配する連中がいた。

「参道《さんどう》の親爺《おやじ》がしくじったらしいな」

「隠居金を稼ぎたいと張り切っていたのによ」

「配下も皆殺されたというぜ」

賭場《とば》の奥で無頼《ぶらい》たちが顔を合わせていた。

「先陣をきってくれたのはありがたいが、分銅屋の守りはあの用心棒だけだろう。親爺の切り札の浪人もあわせて四人で一人をやれなかったのか」

「それなんだがな、観音裏《かんのんうら》の」

「なにか知っているのか、六道《ろくどう》の」

集まった無頼のなかで歳嵩《としかさ》の男が、顔に向こう傷のある男に問うた。

「ちょいと伝手《つて》のある町方役人に聞いたのだが……浪人は撲殺、参道の親爺と手下二人は斬殺だったらしい」

「殴り殺されたのと斬り殺された……分銅屋の用心棒は刀を差していたな」

「前は鉄扇で殴りつけていたというぜ」

「一人で撲殺と斬殺か」

「やれるか」

男たちが顔を見合わせた。

「できないことはないだろうが、どちらかだけでいいだろう。途中で得物を替えるなど手間だぞ」

「あの浪人の腕はどうだった」

観音裏と呼ばれた親分が問うた。

「別段、腕が立つというほどではないが、博打場で暴れた馬鹿を斬り殺したのを見たことはある」

六道の親分が答えた。

「ふむ。役立たずではないわけだ」

観音裏の親分が腕を組んだ。

「分銅屋が剣術の達人だというのは」

「ないだろう。あれば用心棒なんぞ雇うまい」

念のためと尋ねた観音裏の親分に六道の親分が首を横に振った。

「気になるな」

観音裏の親分が難しい顔をした。

「そうだな。ちと注意が要《い》るな」

六道の親分も腕を組んだ。

「…………」

そんな二人を尻目《しりめ》に議論に参加していなかったもう一人の親分が黙って腰をあげた。

「どうした、船頭《せんどう》の」

気づいた観音裏の親分が立ちあがった男を見あげた。

「用心棒一人に手間取るのは無駄だろう。次はおいらがやる」

「待て、待て」

実行あるのみだと言った船頭の親分を、六道の親分が止めた。

「分銅屋だぞ、相手は。蔵には十万両が唸っている。皆で力を合わせるべきではないか。安く見積もっても一人あたり三万両だぞ」

「そんな大金をどうやって運ぶ」

金額の大きさを前に出した六道の親分に、船頭の親分が質問した。

「それは手下どもに担がせれば……」

「どれだけ手間がかかる。その間布屋が黙っているとでも」

「うっ」

分銅屋出入りの御用聞きの名前を出した船頭の親分に、六道の親分が詰まった。

「そうなったら、布屋に手出しする気か」

「……………」

さらに言われた六道の親分が黙った。

吉宗によって禁じられたとはいえ、それは表向きのことで、御用聞きは町奉行所のなかの者であった。

「探し出せ」

もし御用聞きが襲われたとなれば、町奉行所が黙っていない。それこそ、南北の両奉行所が顔色を変えて下手人《げしゅにん》を追う。

「千両箱は重い。たしかに三万両にはそそられるが、夢にもなるまい。絵に描いた餅《もち》を眺めるより、米一粒のほうがいい」

船頭の親分が首を左右に振った。

「五百両か六百両か。それだけあれば、岡場所をいくつか増やせるだろう。身売りする女を買うこともできる。今すぐに千両は届かないが、数年でそれくらいには届く」

手堅い道を選ぶと船頭の親分が言った。

「それに、おいらの手下どもは力自慢だからな」

船頭の親分が嗤《わら》った。

田沼意次は分銅屋仁左衛門への貸しとすべく、吉宗から預けられたお庭番にその警固を命じた。

「どこまでいたしましょう」

呼ばれたお庭番明楽飛騨《あけらひだ》が限界を尋ねた。

「守るだけでよい」

「盗賊どもを追撃して鏖殺《おうさつ》いたしたほうが、後々楽だと思いまする」

守勢を取れと命じた田沼意次に明楽飛騨が進言した。

「盗賊を根絶やしにしては町奉行所が困るだろう。他人《ひと》の仕事を取るのはよくないことである」

盗賊の始末はあくまで町奉行所の役目だと田沼意次が告げた。

「差し出口を申しました」

明楽飛騨が頭を下げた。

「かまわぬ。よいと思えば、意見をしてくれよ。余は世間知らずゆえな」

田沼意次が手を振って、詫《わ》びは不要だと言った。

「そういえば、村垣伊勢はどうじゃ」

「暇を持て余しているようでございまする」

思い出したとばかりの田沼意次に、明楽飛騨が苦笑を浮かべた。

「諌山とはどうだ」

「なかなかうまくは進んでおらぬようでございまする」

「あれだけの女に迫られて、手出しをせぬか。諫山は男であろうな」

田沼意次があきれた。

「しっかり反応はしているそうで」

下《しも》の話をお側御用取次にしていることに、明楽飛騨が情けなさそうな声で伝えた。

「ふむ。誰かに操《みさお》を立てておるのやも知れぬの」

「ときどき分銅屋の女中が長屋へ世話をしに来ていると」

明楽飛騨が村垣伊勢から聞いた話を報告した。

「分銅屋の女中か……」

「いかがいたしましょう」

思案に入った田沼意次に明楽飛騨が尋ねた。

「分銅屋に取りこまれるのは避けたいところである。あやつは使える。会津を押さえるにもよい」

会津藩松平家は、二代将軍秀忠の四男、保科正之《ほしなまさゆき》を祖としている。一門ながら保科正之が四代将軍家綱をよく補佐した功をもって松平の姓と幕政に加わるときは大老となる譜代大名最高の家柄である溜の間《たまりま》詰めを許されている名門大名であった。

「尾張をはじめとする御三家や譜代大名から睨まれている余にとって、会津を味方とするのは大きい」

田沼意次が述べた。

「わかりましてございまする。伊勢に厳しく申しましょう」

「うむ。ただし、分銅屋に余の采配と知られぬようにいたせ」

首肯した明楽飛驒に田沼意次が念を押した。

「心得てございまする」

明楽飛驒が請けた。

会津藩は始祖保科肥後守《ひごのかみ》正之以来、幕府への忠義をなによりのものとすることを藩《はん》是《ぜ》としてきた。譜代大名や一門大名なら当然といえば当然であったが、会津藩松平家はより過激であった。

「藩主よりも将軍に従え」

武士は恩と奉公で成り立っている。主君が家臣に禄あるいは知行《ちぎょう》を与え、それに対して家臣は忠義を尽くす。

けない。
藩主公の一門、重臣には敬意を払っても、そのために命をかけることはない。
「某《なにがし》を警固せよ」
主君から言われたときは別だが、重臣も同じ家臣である。でなければ進んで命はか
けない。
つまり武士の忠義は、一人主君にのみ捧《ささ》げられるものであった。
それが会津藩では違った。会津藩の家臣は主君に恩と奉公の観点から従ってはいる
が、その忠義は将軍へ向けられていた。
「伊達《だて》や上杉を抑えねばならぬ」
会津藩松平家がその地に封《ほう》じられたのは、奥州《おうしゅう》や羽州《うしゅう》に点在する外様《とざま》の有力大名を
牽制《けんせい》するためであった。
徳川家へ兵を向ける、あるいは謀叛《むほん》の旗を揚げるかも知れない連中を監視し、万一
のときは敵兵を江戸へ進ませぬようにする。あるいは先陣となって敵の城へと侵攻す
る。会津藩松平家の藩士たちはそのためにあった。
泰平の世はいつ破れるかはわからない。
会津の侍たちは、そのときのために武術の鍛錬を怠っていなかった。また、幕府が
官学としている朱子学《しゅしがく》を学んでもいた。

「冷害が……」

「雪解け水で川が溢《あふ》れ」

尚武《しょうぶ》に傾いていることもあり、会津藩は内政を得手《えて》にする者が少ない。

「今年限り、年貢は三公七民とする」

「治水の普請をおこなう」

こういった対応が会津藩にはできなかった。

「年貢が足りなくなれば、武備が整わぬ」

決して私利私欲ではなく、ただ幕府の役に立たなければならないという思いが強かった。

「飢《かつ》えて死ぬか、一揆《いっき》で殺されるか。ならば、百姓の意地を見せつけてくれる」

耐えかねた百姓が筵旗《むしろばた》を揚げ、あっという間に一揆は領土に拡がった。

「百姓が年貢を納めるのは当たり前である。首謀者を捕らえて死罪にする」

最初、武力で制圧しようとしたが、いくら武芸に励んでいるとはいえ、数が違いすぎる。さらに領内の百姓を殺せば、田畑の管理をする者を失う。それは来年の不作を意味していた。

「今年は年貢を出さずともよい」

会津藩が折れた。

これで一応騒ぎは収まった。

だが、不幸は続いた。不作の翌年は凶作だった。

またも年貢は十全に納められない。

「限界である」

会津藩の重臣たちが会議を重ねた。

「無理をすれば、また一揆じゃ」

一度藩は百姓の要求を受け入れた。状況が好転していないとなれば、百姓たちはもう一度年貢の減免を求めてくる。

「去年だけじゃ。今年はならぬ」

「ならば、一揆じゃ」

拒めば、また筵旗を揚げるのはわかっていた。

藩内で騒ぎを収めている間は、幕府も口出しはしない。とはいえ、二年続きで百姓一揆を起こされたとなれば、さすがに藩主公が叱《しか》られるくらいはある。

「会津藩でまたも騒動がございました」

まずいのは、近隣の大名がそれを幕府へ届けることであった。ようは広く知られてはならなかった。

「藩政よろしからず」

そうなると幕府も見過ごしてはくれなかった。

「寒冷の地が苦手のようである。九州へ移れ」

はるか遠方へ移封されたり、

「数万石を召しあげる」

領地を削られたりする。

「会津藩は格別な家柄である」

二代将軍秀忠の血を引く一門であるといったところで、今の将軍家重にはかかわりがなかった。

吉宗以来、将軍の血筋は紀州家のものになっていた。そして紀州家は秀忠の弟頼宣を祖としている。

秀忠の息子を祖としているだけの会津藩松平家は将軍家からずっと離れてしまったことで、配慮は望めない。

「預かり領を取りあげる」

会津藩がもっとも怖れているのが、三代将軍家光から保科正之が会津二十三万石に封じられたとき、預けられた幕府領会津南山《みなみやま》五万五千石を取りあげられることであった。

預かり領とは、年貢の多寡や賦役《ぶやく》などは幕府に合わせなければならないが、その収入は会津藩のものとしていい。

「南山を拝領願いたく」

藩財政の悪化が始まったころから会津藩は幕府へ預かりではなく、加増扱いにしてくれと頼んできたが、保科正之以来幕政にかかわってこなかったためか、あるいは三十万石に近づくということで御三家水戸家との差がなくなると考えたのか、許しは出ていなかった。

「借財で凌《しの》ぐしかない」

重臣たちの結論は、結局ここに行き着くことになる。

「金さえあれば、要路に差し出すことで南山をいただけるかも知れぬ」

「藩士どもの知行借りあげもなんとかせねば、百姓一揆ではなく今度はお家騒動になるぞ」

別に会津藩だけが知行借りあげをしているわけではない。よほど裕福な藩か、家臣放逐に成功した藩以外は、どこともも半知借りあげ、あるいは三分借りあげなどをしている。

一応、借りあげなので返さなければならないのだが、返せるようなら最初から借りあげるはずもなし。ずっと借りあげは続いていた。

「恨まれておるしの」

「たしかに」

重臣たちが顔を見合わせた。

半知借りあげは禄の半分を取りあげることでもある。二千石の家老が千石になったところで、贅沢《ぜいたく》はできなくなるだろうが生活に苦労することはない。だが、五十石の下士が二十五石減らされては、米さえ喰《く》えなくなる。ささやかながらもできていた婚姻の宴《うたげ》も催せず、雇っていた女中、小者《こもの》を解雇しなければならなかったことで妻や当主が炊事をしたり、雑用をする羽目になる。

「家老たちは我らの窮苦《きゅうく》がわかっておらぬ」

不満は借りあげを決めた重臣たちへ向く。

「もう領内で御用金は……」

「無理だ。これ以上となると商人が潰れる」

「やはり江戸しかないな」

「なんと申したか、浅草の両替商は」

「分銅屋であろう」

重臣たちが、分銅屋仁左衛門の名前を出した。

「五万両あれば、半知借りあげも一度止められる。領内の御用商人に借りている金も少しは返せる」

「田沼主殿頭さまにも贈りものができるな」

勘定方を差配している重臣たちがうなずきあった。

「五万両も借りて、どうやって返すのだ。利子はどうする」

筆頭家老を務める西郷《さいごう》があきれた。

「利子は十分にしてやるということで相殺《そうさい》できるはずだ」

勘定方の重臣が口にした。

「一度断られているぞ。分銅屋は御三家から名字帯刀を許されているらしい」

「…………」

首を横に振った西郷に勘定方の重臣が黙った。

「いけるのではないか」

もう一人の勘定方の重臣が声をあげた。

「いかがいたした望月《もちづき》」

西郷が怪訝な顔をした。

「半知借りあげでございまする」

「……それがどうしたのだ」

望月と呼ばれた勘定方の重臣の発言に、西郷が戸惑った。

「分銅屋を当家の家臣として、その財産を借りあげる」

「なにを申しておる。士分は断られたと……」

「ですから、こちらで藩籍に分銅屋を加えてしまうのでございまする」

あきれかけた西郷を望月が制して述べた。

藩籍とは、その藩の家臣であるという名簿である。いつから藩に仕え、何石をもらっているなどが記載されており、藩籍を削られれば浪人になった。

「そのようなまねができるはずはなかろう。分銅屋が否定したらそれまでであるぞ」

西郷が否定した。

「そこでござる。分銅屋を藩祖公のころまで遡って、藩籍に加えてしまえば」

「先祖代々の会津藩士であったが、分銅屋に伝わっていなかったと」

望月の策を西郷が理解した。

「分銅屋に伝える前に親が死んでしまったならば、知らなくとも無理はございますまい」

「禄はどうする。家臣であったというならば、禄を支払っておかねばならぬぞ」

根本的な問題があると西郷が望月に問うた。

「昔、神君家康さまの家臣であった中島清延《なかじまきよのぶ》という者がいたと伺ったことがございまする」

「中島清延……」

西郷が記憶を探った。

会津藩の重臣なのだ。幕府に、将軍にかかわることはかなり深くまで学ばされる。

それでも西郷が困惑した。

「茶屋《ちゃや》でございまする」

苦労している西郷に望月が告げた。

「……茶屋四《し》郎《ろう》次《じ》郎《ろう》か」

「左様で」

思い出した西郷に望月が首肯した。

「たしかに茶屋四郎次郎はもと武士で神君さまにお仕えしていたな」

「はい。一廉《ひとかど》の武士として合戦にも出て手柄を立て、橘《たちばな》の紋を許されたほどでございましたが、何を思ったのか、徳川家を辞して商人となって京で呉服商となった」

望月が付け加えた。

「茶屋四郎次郎についてはわかったが、それがどうして分銅屋につながるのだ」

西郷が疑問を呈した。

「中島清延が致仕を申し出たとき、神君家康さまは商いのもとでにするがよいと、御手元金を与えたとか」

「それで」

西郷が先を促した。

「感激した茶屋四郎次郎は京で商いに励み、名だたる呉服商となった。そこへ本能寺《ほんのうじ》の変が起こりましてございまする」

「明智《あけち》光秀《みつひで》が織田《おだ》信長《のぶなが》公に謀叛をしたときだな」

忠義をなによりとする会津で、謀叛を起こして主君を討った明智光秀は嫌われていた。

嫌そうに西郷が、頬をゆがめた。

「堺《さかい》を遊行中だった神君家康さまに異変を報《しら》せただけではなく、その後の伊賀《いが》越《ご》えにも同行、道中で立ち向かおうとした土豪どもを持参した金でなだめ、伊賀者の協力を得られるようにしたと申しまする」

「らしいの」

望月の話に西郷がうなずいた。

「そこでございまする。神君家康公の御手元金があればこそ、茶屋四郎次郎は商人として成功いたしました。それがご恩。そして伊賀越えがご奉公」

「…………」

西郷が望月の案の狙いに気づいた。

目を鋭くした西郷が、望月を見つめた。

「分銅屋の初代が藩祖公の御手元金をもとに江戸で両替商を始めた。ご恩でございますな。ならば今の分銅屋が会津藩を助けるのは当然のご奉公ではございませぬか」

望月が誇らしげに語った。

「分銅屋が認めまい」

「そのようなことはどうでもよいのでございまする」

「御上に訴えられるのではないか」

「茶屋四郎次郎の前例があると言えば、御上はなにもなさいませぬ」

幕府にとって家康は神なのだ。その神がおこなった前例があれば、将軍でさえ口出しはできなかった。

「いかがでございましょう」

西郷の危惧をすべて潰した望月が許可を求めた。

「当家の傷にならねばよいが……」

会津藩松平家が商人を策に嵌《は》めたと言われるのはと西郷が懸念を表した。

「傷ですめばよろしゅうございましょう。今のままでは、もう一度百姓一揆を起こされて御上から咎められるか、あるいは藩政なり難しとして領地を返納するか、そのどちらかでございまする」

河内狭山北条《かわちさやまほうじょう》一万一千石が、領地を返還するから、旗本にして欲しいと願い出たことがあった。北条氏は関東の雄北条氏康《うじやす》の四男氏規《うじのり》を初代とする。豊臣秀吉《とよとみひでよし》の北条征伐で一門が滅ぶなか、徳川家康の娘を正室に迎えていた父氏直《うじなお》と早くから豊臣秀吉に服するべきと言っていた氏直の二人だけが助命された。のち許されて謹慎していた高野山《こうやさん》を出て河内狭山を与えられた。

大名に復帰したとはいえ、一万石の外様大名、江戸までの参勤交代は費用もかかり厳しい。また河内狭山は水害に遭いやすく、治政も難しい。結果、北条氏は借財にまみれ、とても大名としての面目は保てないとして、旗本への降格を願った。しかし、藩政の失敗を一々引き受けていては幕府がたまらないと、この願いは却下されていた。

望月は体面に傷が付くのと、藩が致命傷を負うのとどちらがましかと、西郷へ迫った。

「むう」

西郷が唸った。

会津藩の初代保科肥後守正之は名君として天下に響いている。実際、高遠《たかとお》から山形へ移封されたとき、領民五千が新しい領主に不安を持ち、保科肥後守に従って引っ越したほどであった。

その会津藩の面目と存続。

西郷が悩むのも当然であった。

「他に案はないか」

助けを求めるかのように、西郷が重臣たちの顔を見回した。

「…………」

返ってきたのは望月の案がよいという無言の肯定であった。

「わかった。毒喰らわば皿までよ。望月、そなたが江戸へ行き、一切の指揮を執れ」

西郷は望月の案を呑む代わりに、責任を取れと言外に含めて許可を出した。

第三章　消えた灯《ひ》、付いた火

一

看板芸者がいなくなった柳橋では、芸妓《げいぎ》たちが落ち着かなかった。

「加壽美さんを落籍《らくせき》させる旦那なら、あたいの面倒くらい見られるはず」

自前芸者で借金のなかった加壽美を落籍させるには、さほどの金はかからない。それこそ加壽美がうなずけば、無料《ただ》で芸妓から引退させることができた。もちろん、今まで世話になった茶屋や贔屓《ひいき》の客へ不義理をすることになり、柳橋、いや江戸の遊所から出入り禁止を喰《く》らう。

とはいえ、座敷着を身にまとうつもりがなければ、このていどは問題にならない。

しかし、加壽美を落籍させた旦那は、属していた茶屋に数年分の花代を支払っただけでなく、柳橋の名だたる座敷を借り切って落籍祝いという名前の宴会をしてのけた。さらにそのときだけのために座敷着を仕立てるなど、使った金は総額で千両とも千五百両とも言われている。

そんな旦那とのつながりを持ちたいと思う芸妓は当然出てくる。もっともそのほとんどが年増芸妓で、特定の旦那を得られていない者が多い。

「あたしも加壽美姐《ねえ》さんのように退《ひ》かせて欲しい」

好いた男が年季明けに迎えに来てくれる、あるいは嫌いではない旦那がそれだけの金を用意して欲しいと願う、夢を見たい芸妓である。

なにをどう言おうとも柳橋は女がいてこそ成り立つ。芸妓たちが浮ついていると、遊びに来た旦那衆が不満を抱く。

「峰千代《みねちよ》はどうしたんだ。心ここにあらずじゃないか」

「申しわけありません。後でしっかり叱《しか》っておきますので」

茶屋の女将《おかみ》が謝ってすむならば、まだいい。

普段でも、客への対応が悪いと苦情はある。

「やめてくださいよ。加壽美姐さんの旦那ならそんなことをなさいませんよ」

「そんなに顔なしがいいなら、そっちへ行け。二度と声をかけない」

正体がわかっていない加壽美の旦那は顔なしと呼ばれている。その顔なしの旦那と比べられて怒らない旦那はいない。皆、芸妓に持ちあげてもらいたいから、金を払って柳橋まで来ている。それを他の男より劣ると言われては怒る。

「なにとぞ、ご勘弁を」

茶屋の女将が土下座する羽目になる。

それで許されればまだいい。

「ふざけるんじゃない」

ほとんどの客が柳橋を捨てて、深川や浅草へと移ってしまう。

「ありがたいと思っていたけど、弊害のほうが多いじゃないか」

「まったく馬鹿な連中が浮かれて」

客を失った茶屋の女将や店主が集まって、ため息を吐《つ》いた。

「どうしたらいい」

芸妓あがりの女将が誰にともなく問うた。

「なあ、顔なしの旦那って誰なんだい」

壮年の店主が訊《き》いた。

「わからないはずはなかろう。加壽美の旦那だぞ。それこそ頻繁に座敷へ呼んでいたはずだ」

参加している女将と店主たちが口をそろえた。

「わからない」

「知らない」

壮年の店主が怒鳴った。

「揚げ座敷には帳面があるだろう。加壽美が出た座敷を調べればわかるはずだ」

「吾妻屋《あづまや》さん、落ち着きなさい。わたしたちだって手をこまねいていたわけじゃない。加壽美が落籍されるという噂《うわさ》を聞いたときから、相手が誰かを調べ続けてきたんだがね。それでもわからないんだよ」

別の店主が首を横に振った。

「そんなわけないでしょう。きっと揚げ座敷が隠しているに違いない」

吾妻屋の店主の興奮は収まらなかった。

「揚げ座敷が旦那のことを隠してなんの得があると」

女将の一人が吾妻屋に嚙《か》みついた。

「甘いぞ、左ノ木屋《さのきや》。口止めされている。金を相当にもらっているはずだ」

吾妻屋が反論した。

「揚げ座敷が茶屋を敵に回すなんて」

左ノ木屋の女将があきれた。

芸妓を支配している茶屋と揚げ座敷はうまく住み分けてきた。茶屋は妓《おんな》となる女を探し出し、芸を仕込み、客の気に入るように育てる。そして揚げ座敷は、その芸妓と客が出会い楽しむ場を提供する。両方をしようとするとどちらも不十分になるか、それだけのことができるだけの人を雇わなければならず、無理であった。

結果、茶屋と揚げ屋敷はどちらもそれぞれの役目に専念することで、柳橋を盛りあげてきた。

とはいえ、どちらが上かといえば、柳橋の看板である芸妓を握っている茶屋であった。

「おまえのところには、妓をいかせないよ」

揚げ座敷からの要望を茶屋は断れる。

売れている芸妓が呼べない揚げ座敷に客は来なくなる。

「おまえのところの芸妓は出入りさせない」

「好きにしなさい」

揚げ座敷が茶屋と喧嘩《けんか》しても、揚げ座敷はいくつもある。

茶屋と揚げ座敷の間に上下がある。

「多少の金で揚げ座敷が茶屋を裏切ることはないよ」

左ノ木屋の女将が断言した。

「…………」

吾妻屋も黙って同意を示した。

「怪しいと思える旦那はいるんだろう」

「この人がそうじゃないかというのは、三人ほどのお人が出てきたんだけどね。どなたも顔なしの旦那だと断定するのは難しい」

「誰と誰と誰なんだい」

困惑しながら言った左ノ木屋の女将に、吾妻屋が尋ねた。

「呉服屋の因幡屋《いなばや》さん、材木問屋の紀州屋さん、そして両替商の分銅屋さん」

「どなたも江戸を代表する豪商だねえ」

左ノ木屋の女将が並べた名前に、吾妻屋が納得した。

「でも因幡屋さんは三千代《みちよ》さんを、紀州屋さんは豆美《まめみ》さんを贔屓になさってくださっている。どちらも出だし赤襟《あかえり》のころからだからもう七、八年になる。そして分銅屋さんはお客さまのご接待でしか来られないから、特定の贔屓はお持ちでない」

「むうう」

言われた吾妻屋が唸《うな》った。

芸妓というのは、接待で使ってくれる男をありがたいとは思っても、自分の旦那とは考えていない。接待はされる男を持ちあげて機嫌良くしてもらうためのものであり、招いた客が気に入った芸妓ではないからだ。

「いい月だね」

「花見に行かないか」

芸妓にとって旦那となりうるのは、一人で来て呼んでくれる男であった。

そこから考えても、分銅屋仁左衛門は、顔なしの旦那ではなかった。

「贔屓の芸妓を持っているお二人は外していいだろう。人柄も知れている」

柳橋だけでなく、吉原でも二股は嫌われる。

「やはり分銅屋さんが気になりますな。芸妓と会うのは、揚げ座敷だけとは限りませんし」

壮年の店主が言った。

芸妓も女、仕事場だけで会う男より、外に遊びに連れていってくれる人に好意を抱く。また、男も座敷着でない芸妓を見ることで一層惚《ほ》れる。

「調べられないか」

吾妻屋が左ノ木屋へ顔を向けた。

「できるわけないよ。茶屋は座敷にいる芸妓は管理するけど、それ以外までは知らないよ。そこまで言うなら、そちらがしたらどうだい」

左ノ木屋が不満を吾妻屋にぶつけた。

「…………」

吾妻屋が黙った。

「仲間内でもめている場合じゃないだろう」

壮年の店主が二人の間に割って入った。

「わたしたちは今の状況をどうにかするために集まったんだ。喧嘩別れするのは違うだろう」

「だったら、どうすると」

意見された吾妻屋が、そっちにはいい案があるのかと質問した。

「顔なし旦那の正体探しは、ちょっと置いておこうじゃないか。それに手間を取られている暇などないだろう。今は、属している芸妓たちの気を引き締めて、これ以上もめ事を増やさないようにするしかない」

「そうだね」

「まずは、足下を固めよう」

壮年の店主の言葉に多くの女将と店主が同意した。

「……わかった」

吾妻屋もしぶしぶ了承した。

所属している芸妓たちに説教を喰らわした吾妻屋は、その手応えのなさに啞然《あぜん》としていた。

「客をしくじった者は、借金を返して出ていってもらう。返済ができないなら、どこかへ身売りでもして来い」

吾妻屋が厳しい口調で言った。

幕府の法度《はっと》で身売りはできないが、抜け道はいくらでもある。無期限の奉公も認められないが、二十年、三十年と期限を定めてしまえば問題はなくなる。

いうまでもなく、そんな奉公がまともであるはずはない。身体《からだ》が休む間もなく男におもちゃにされ、病で死ぬことになる。

「わかりましたよ」

「気をつけます」

芸妓たちが渋々うなずいた。

「さっさと座敷へ行きなさい。検番」

「へい」

吾妻屋の声に中年の男が応じた。

「姐さんは美濃屋《みのや》さんへ。一刻（約二時間）で、常磐屋《ときわや》さんへ移ってください。おまえさんは、喜多屋《きたや》さんだ。次の座敷は入っていないけど、手助けが要《い》るようなら若い者をいかせるから、その指示に従っておくれ」

検番とは、芸妓の座敷廻《まわ》りの予定を差配する。今、どこに誰がいるかを把握するのは当然、揚げ座敷からの注文もこなす。長年、この道で生きてきた者でなければできない難しい役目であった。

「さあ、稼いで」

検番が両手を叩《たた》いて、芸妓たちを仕事に向かわせた。

「ご苦労やな、寛二《かんじ》」

吾妻屋が検番をねぎらった。

「旦那、出過ぎたまねをさせてもらいますが、あんまり女たちを締め付けないようにしてはもらえませんか」

「甘やかせと」

寛二を吾妻屋が睨《にら》みつけた。

「違います。甘やかすんじゃなく、息抜きくらいさせてやって欲しいんで」

「息抜き……」

吾妻屋が首をかしげた。

「芸妓でも夢は持ちます。色男に惚れられたい、いい旦那を捕まえて一生左団扇《ひだりうちわ》で楽がしたい。皆、そう思ってます」

「座敷で頑張れば、叶《かな》うことだろう」

寛二の言葉に、吾妻屋が首を横に振った。

「たしかにその通りですけど、そうそううまくはいきません。座敷には呼んでくれるけど、落籍までとはいかないのが普通で、加壽美姐さんのようなことは柳橋でも十年、いや二十年に一度の快挙」

「なにが言いたい」

吾妻屋が問うた。

「人の噂も七十五日と言います。放っておいてももとに戻りますよ」

「戻るか。すでに失った客は出ているんだぞ」

寛二の意見に吾妻屋が怒った。

「出しゃばりました」

受け入れられなかった寛二が頭を下げた。

「ですが、旦那さま、これ以上店に負担がかかるのは」

寛二が形を変えた意見を続けた。

「わかっている。だけど店を引き締めるしかないだろう」

「一つ、提案が」

嘆息《たんそく》した吾妻屋を寛二が見あげた。

「なんだ」

吾妻屋が訊いた。

「加壽美姐さんに直接尋ねてはいかがで」

「直接か……」

寛二の提案に吾妻屋が考えこんだ。

「居場所を知らぬわ」

「それくらいはすぐに知れましょう。ちょっと金がかかりますが」

「金か。湯水ほどには出さぬぞ」

「一両ほどで大丈夫かと」

「それならいい」

吾妻屋がうなずいた。

二

村垣伊勢は明楽飛騨からの指示を受けた。

「好きにやっていいのだな」

「手段は任せると」

確かめた村垣伊勢に明楽飛騨が首を縦に振った。

「承《うけたまわ》った」

村垣伊勢がうなずいた。

「ではの」

明楽飛騨が表情を一変させた。

「ありがとう存じまする」

呉服屋の手代に明楽飛騨は扮《ふん》していた。

「頼んだよ。八幡《はちまん》さまのお祭りには着ていきたいからね」

「わかっておりまする。腕のいい仕立て屋を急がせますから」

村垣伊勢の言葉に明楽飛騨が頭を垂れた。

「では、これにて」

明楽飛騨が小腰をかがめて帰っていった。

「さて、孕《はら》むか」

残った村垣伊勢が口の橋をゆがめた。

男と女なのだ。やることをやれば子供ができる。そして子供はかすがいになる。

「かといって、押し倒すのはまずいな」

男女の間で押し倒したほうが惚れているとなる。

「惚れた振りはしていない。からかいはしたが」

村垣伊勢が苦笑した。

「正体も知られている。今更といえば、今更だな」

身体を押しつけたりして、女であることを意識させてきた。

「どうするか」

一人、村垣伊勢が悩んだ。

吾妻屋の検番寛二は、柳橋を縄張りとしている御用聞きを訪ねた。

「加壽美の行方を知りたいと」

御用聞きのなかには、普通の町人を下に見ている者もいた。

「手間だな」

やる気がなさそうな顔で御用聞きが言った。

「これで」

寛二が用意してきた小判を差し出した。

「少ないな。それじゃあ、手下《てか》どもに飯を喰わせたら終わりだぞ」

御用聞きが足りないと不満を口にした。

「さようですか。では」

寛二が小判を回収し、腰をあげた。

「待ちな。それで引き受けてやる」

小判は銭六千枚になる。御用聞きにとっても大金であった。

「しっかりお願いします」

「仕事は確実にこなす」

探したけど見つからなかったと適当なまねをされては困ると釘《くぎ》を刺した寛二に御用聞きが首肯《しゅこう》した。

「……おい、安三郎《やすさぶろう》」

「へい」

寛二がいなくなったのを確かめた御用聞きが手下を呼んだ。

「聞いていたな」

「…………」

無言で安三郎と言われた手下がうなずいた。

「加壽美が住んでいた長屋は、布屋の縄張りだったはずだ。おめえ、ちょいと布屋のところまで行き、問い合わせてこい」

「へい」

安三郎が出ていった。

「簡単な仕事だな」

御用聞きが笑った。

縄張りのなかのことを御用聞きはなんでも知っていた。それこそどこの長屋の娘が、町内の大工のところに嫁にいったのかから、呉服屋の猫が子を産んだとかの話が集まってくる。

当然、加壽美ほどの名前の知れた芸妓のことともなれば、御用聞きのほうから手に入れようとする。

「だけど……どうして今ごろ吾妻屋が加壽美の居場所を知りたがる」

御用聞きが首をかしげた。

立派な落籍祝いまでして柳橋を去った芸妓を茶屋が気にするのは、おかしい。

「……金の匂《にお》いがするな」

御用聞きが呟《つぶや》いた。

安三郎は、布屋の親分を訪れた。

「柳橋から参りやした。親分さんはおいでで」

「……どうした」

縄張りを接していない御用聞き同士は普通に応対する。いつ何時頼らなければならなくなるかわからないからであった。

「柳橋芸者だった加壽美の居所をご存じではございやせんか」

「引っ越してないなら、浅草門前町の表通りから入った分銅屋さんの持ち長屋に住んでいるはずだ」

隠せと分銅屋仁左衛門から釘を刺されているわけではない。布屋の親分はあっさりと教えた。

「助かりやした。お礼はいずれ、親分から」

「気にするねえ。これくらいはなんでもねえことだ」

礼を述べた安三郎に布屋の親分が手を振った。

「……ちいと出てくるぜ」

見送った布屋の親分が羽織を身につけた。

「どちらへ」

「分銅屋さんまでな」

行き先を問うた女房に、布屋の親分が告げた。

布屋の親分の家から分銅屋は近い。たばこを何服か吸うほどで着く。

「なにかありましたか」

御用聞きの親分が直接やってくる。それだけの意味を持つと判断した分銅屋仁左衛門は布屋の親分をすぐに奥へ招き入れた。

「お忙しいところをすいやせん」

「気にしないでいいよ。それより……」

不意の訪問を詫《わ》びた布屋の親分に、分銅屋仁左衛門が先を促した。

「先ほど……」

布屋の親分が安三郎の話をした。

「ほう、加壽美さんの居場所を」

分銅屋仁左衛門が怪訝《けげん》な顔をした。

「どうしましょうか」

布屋の親分が訊いた。

「気にしないでいいよ。縄張り外に手出しをするほど、馬鹿じゃないだろう」

追っている下手人が潜んでいるからといって、挨拶《あいさつ》なしで他の御用聞きの縄張りに手を出すことはできなかった。

「そうですが……なにか気になりやす」

相手にしなくていいと首を左右に振った分銅屋仁左衛門に、布屋の親分が懸念《けねん》を見せた。

「ふうむ」

分銅屋仁左衛門が考え始めた。

「諫山さま」

隣室へ向けて分銅屋仁左衛門が呼んだ。

「……なにかござったかの」

左馬介が顔を出して、尋ねた。

「加壽美さんと最近顔を合わせましたか」

「今日も見かけたな」

やってきてあんな話やこんな話をしてましたとはさすがに言えない。左馬介がごまかした。

「変わった様子はございませんでしたか」

「気が付かなかったの」

いつもの村垣伊勢だったのだ。今度は素直に告げた。

「だそうだがね、親分」

「判断に困りますな」

分銅屋仁左衛門の言葉に、布屋の親分が戸惑った。

「若いのを張り付けやすか」

「そこまでするのはどうか。加壽美さんから気になるとでも言ってきてくれたならばそれもいいけどね」

「なんの話かの」

呼び出された理由が村垣伊勢にあるとわかったが、それ以上の事情は聞かされていない左馬介が口を挟んだ。

「じつはね……」

今度は分銅屋仁左衛門が経緯を語った。

「柳橋の御用聞きが加壽美どののことを」

左馬介も悩んだ。

「……わかりませんね。御用聞きが筋を通してきたんでしょう。夜中に打ちこんで、無理矢理連れていくことはなかろうよ」

考えてもわからないと分銅屋仁左衛門が話を打ち切った。

「へい。少し気にはしておきやす」

「あ、お待ちな」

一礼して立ちあがろうとした布屋の親分を分銅屋仁左衛門が止めた。

「いつも気遣ってもらって、すまないね。若い者たちに一杯呑《の》ませてやっておくれな」

分銅屋仁左衛門が小粒をいくつか布屋の親分に握らせた。

「こいつは、どうも」

遠慮や拒否は分銅屋仁左衛門の顔を潰《つぶ》す。布屋の親分が礼を述べて、金を受け取った。

「諫山さま」

布屋の親分がいなくなった座敷で、分銅屋仁左衛門が左馬介に話しかけた。

「嫌な感じがするの」

左馬介も表情を引き締めた。

「まさか、加壽美さんを連れ去ろうと」

「御用聞きがそのようなまねを……いや、する奴もいるか」

分銅屋仁左衛門の懸念を左馬介は否定できなかった。

「しかしの、分銅屋どの。それをすれば布屋の親分の面目を潰すことになるぞ」

他の御用聞きの縄張りで好き放題することはまずかった。

「なめたまねをしてくれたな」

布屋の親分が激怒する。

浅草から両国橋《りょうごくばし》近くまでを親子で握っている布屋の親分は、江戸一の御用聞きであった。入ってくる金、手下の数ともに図抜けている。

その布屋の親分を敵に回す。柳橋の御用聞きはまちがいなく潰される。

「詫びはさせるから、飲みこんでくれねえか」

柳橋の御用聞きに十手を預けている町奉行所の同心がなかに入って来ても、布屋の親分は聞かない。

「他人の縄張りに手を出して、その口上はなんだ」

布屋の親分の面倒を見ている南町奉行所の定町《じょうまち》廻り同心東野市ノ進《ひがしのいちのしん》が出てくることになり、そこでももめ事になった。

「すまぬ」

そうなれば柳橋の御用聞きに十手を預けている同心が折れる。

「分銅屋仁左衛門が後ろ盾をしている」

布屋の親分の背後に分銅屋仁左衛門がいることは、南北両奉行所の誰もが知っている。なんとか町奉行所まで話を持っていかないようにと、直接布屋の親分との交渉をしようとした柳橋の御用聞きの後ろに付いている同心の思惑は外れる。

「さっさと加壽美を返せ」

同心が柳橋の御用聞きを叱りつけてことは終わる。分銅屋仁左衛門の影響は町奉行所にも染みている。

「御用聞きが直接出てくることはありませんね」

「うむ。となると……」

「柳橋の御用聞きを使い走りできる者が出てくる」

問うた左馬介へ分銅屋仁左衛門が言った。

「どうする」

「これが他のところなら、知らん顔でいいのですけどね。加壽美さんはわたくしの持ち長屋の住人。長屋でなにかあれば、わたくしの評判にもかかわりまする」

もう一度尋ねた左馬介に、分銅屋仁左衛門が眉間にしわを寄せた。

「……………」

分銅屋仁左衛門の答えに、左馬介は沈黙した。

左馬介は分銅屋の用心棒であった。たしかに広い意味で捉えれば、分銅屋仁左衛門の持ち長屋もその財産であり、左馬介が守ってもおかしくはない。

だが、それは分銅屋の店から離れるということでもあった。

「もちろん、諫山さまには、ここにいてもらいますよ」

左馬介の考えを見抜いた分銅屋仁左衛門が口にした。

「先日の馬鹿どもの続きがないとは限りませんからね」

田沼意次の屋敷からの帰途、襲撃してきた連中のことを分銅屋仁左衛門はしっかりと覚えていた。

「もちろんでござる」

金をもらっている以上、雇い主の意向に従わなければならない。明日生きていけるかという恐怖の日々を物心ついたころから経験してきた左馬介である。今の境遇が夢のようだと思っている。そして、なにより失いたくはなかった。

「む、いや、加壽美どのはどのように」

村垣伊勢と口にしかけた左馬介があわてて言い直した。

「加壽美さんには、話をするだけでいいでしょう。あのお方には旦那がついていますからね。そちらにお任せしましょう」

下手《へた》に守ると旦那に疑われると分銅屋仁左衛門が判断した。

「まことに」

左馬介もうなずいた。

「では、話はお願いしますね」

仮眠などで左馬介は昼前から長屋へ戻る。住人が出入りするのは当然、すでに見張りがいたところで、目立たなくてすむ。

「わかった」

左馬介が引き受けた。

三

勘定方からの策を聞かされた会津藩江戸家老井深《いぶか》深右衛門《しんえもん》は、勘定奉行の津川《つがわ》を呼んだ。

「分銅屋の財はいかほどある」

「十万両と言われておりまするが、そのほとんどは金主《きんしゅ》からの預かり。分銅屋だけの財産となれば三万両ほどかと」

「三万両……その半分として一万五千両。足りぬな」

「まだ分銅屋へ手出しを」

何度も手痛い目に遭っている津川が、不安そうな顔をした。

「そなたも知っておくべきだな。ただし、他言は無用である」

口外禁止の釘を刺して、井深深右衛門が国元から伝えられた策を語った。

「無茶すぎまする」

津川が悲鳴のような声で続けた。

「分銅屋には、田沼主殿頭《とのものかみ》さまがついておられまする」

権力者の怒りを買うことになると津川が震えた。

「国元からの命である」

「命……」

藩内の序列で、会津では城代家老、国家老となり、江戸家老は三番目であった。

「神君家康公の例もある。強弁できないことはない」

「………」

津川が黙った。

「問題は一万五千両を取りあげたとしても、まだ足りぬことである」

すでに井深深右衛門のなかでは、策の話は終わっていた。

「当家の借財はどれくらいある」

「江戸は把握しておりますが、国元までは……」

津川は江戸の勘定奉行でしかない。国元の財政を知ることはできなかった。

「ざっとでよい。だいたいどのくらいになる」

「推測になりますが、おそらく十万両はくだらぬかと」

「……そうか」

津川の言った数字に、井深深右衛門が大きく嘆息した。

「不足分をどうするかだ。さすがに金主からの預かりまで差し出せとは言えぬ」

「決して、決して、それはなさらぬようにお願いをつかまつりまする」

井深深右衛門の言葉に津川が必死になった。

分銅屋仁左衛門に金を預けている者は、江戸でも名の知れた豪商や寺社である。その金に手出しをすれば、会津藩にどのような報復が来るかわからない。

「ないよりはましか」

井深深右衛門が引いた。

「返済には回せまいな」

「五千両は返済にあててくださらねば、困りまする」

「無理だ。策を出したのは国元だ。それこそ全部持っていこうとするだろう。なんとか上屋敷の修繕分は確保したいところだが」

切迫した表情の津川に井深深右衛門が首を左右に振った。

「それでは困るのでございまする。江戸の出入り商人から借りている金を返さなければ、評定所《ひょうじょうしょ》へ訴えられまする」

返済期限を過ぎても、利子さえ払わないような大名は、金を貸した商人から訴えられた。

「それはまずい」

井深深右衛門が思わず、声を大きくした。

「この節季までに返さなければ、評定所へ願い出るといくつかの商家が申しておりまする」

「なんとか抑えられぬのか」

情けなさそうな津川に井深深右衛門が言った。

「手は尽くしましてございまする」

「…………」

泣きそうな顔をした津川に、井深深右衛門が黙った。

今どきの大名家の勘定方は、そのほとんどが借金の手立てを考えるか、返済の日延べを頼みこむかのどちらかが役目といえる。

その悲哀を井深深右衛門は、見せつけられていた。

「利払いだけでよいならば、なんとか国元へ頼んでみよう」

「かたじけのうございまする」

津川が手を突いた。

「ただし、それも策が成り立っての話じゃ」

「……はい」

言われた津川が唾を呑みこんだ。

「まずは、どうやって分銅屋を納得させるかを考えねばならぬ」

国元の策は大筋だけで、細かく設定はされていなかった。

井深深右衛門が肚《はら》をくった。


左馬介は仮眠を取るために長屋へ戻った。

「加壽美どの」

「どうぞ」

隣の部屋に左馬介が呼びかけると、すぐに応答があった。

「御免」

左馬介は戸障子を開けたまま、なかへ入った。

「先生とあたしの仲じゃござんせんか、開け放しとは水くさい」

しなを作って艶《つや》っぽい声を出した村垣伊勢に、左馬介があきれた。

「どんな仲なんだ」

「……珍しいの」

不満とともに村垣伊勢が素を見せた。

「そちらからくるとは、ついに吾《われ》の色香に堕《お》ちたか」

「分銅屋の使いだ」

からかうような村垣伊勢に、左馬介が嘆息した。

「家賃は払っているぞ」

「それだったら、拙者ではなく、番頭か手代が来るだろう」

「ということは用心棒としてだと」

村垣伊勢が表情を一層引き締めた。

「ああ。今朝ほどな……」

左馬介が柳橋の御用聞きが、加壽美の居場所を問い合わせてきたという話を告げた。

「みょうな。すでに吾は身を引いておる。といってもまだ一月《ひとつき》ほどだが、それでも決まりからいけば、かかわりのない者だ。いわば、素人娘《しろうと》。柳橋がどうこうすることは叶わぬ」

村垣伊勢も首をかしげた。

「まったく、心当たりはない」

「ないの」

念を押した左馬介に村垣伊勢が首を縦に振った。

「復帰の話とかは……」

「ない。一度落籍祝いをした芸妓はその後本人が願おうとも、柳橋は受け入れぬのが決まり」

落籍祝いは縁切りでもあると、村垣伊勢が言った。

「思い当たる節もなしか」

「まったく」

腕を組んだ左馬介に、村垣伊勢が断言した。

「……とりあえず、注意をしてくれ」

左馬介が使者の役目を終えたと、腰をあげようとした。

「助けてはくれぬのか」

村垣伊勢が不意に心細そうな顔をした。

「な、なっ」

そこに女を見てしまった左馬介が焦った。

「か弱いとは言わぬが、不意を突かれれば吾もどうなるかわからぬ」

女お庭番といえども、弱点はあると村垣伊勢が、小さく首を横に振った。

「うっ」

左馬介は納得してしまった。

今まで、何度も村垣伊勢の戦いを見てきた。それを思い出しても、村垣伊勢は絶えず、相手に気取《けど》られることなく、奇襲を仕掛けていた。

「…………」

中腰の状態で固まった左馬介に、村垣伊勢が抱きついた。

「おぬしがなにをして生きているかはよくわかっている。だから、ずっととは言えぬ。せめて昼間だけでも、一緒にいて欲しい」

「ああ」

村垣伊勢の女が左馬介を酔わせた。座敷着ほど分厚くない絣《かすり》の生地は村垣伊勢の体型を伝え、立ちのぼる鬢付《びんつ》け油の香り、なにより見たこともない弱々しげな風情《ふぜい》に、左馬介は離れることができなかった。

「長屋におる間だけだが」

ふらふらと左馬介はうなずいた。


安三郎は布屋の親分の返答を、柳橋の親分へと持ち帰った。

「そうかい。ご苦労だった。あとで一杯呑むといい」

柳橋の親分が銭を適当に渡した。

「ありがとうさんで」

銭を数えずに、安三郎が受け取って下がっていった。

「……ふん、少ないと思っているだろうよ」

柳橋の御用聞きが頬をゆがめた。

「とりあえず、こっちも子供の使いをすませるか」

煙管《きせる》を煙草盆《たばこぼん》の縁にたたきつけてなかの灰を捨てた柳橋の御用聞きが、面倒くさそうに立ちあがった。

「前のままだと」

検番の寛二から柳橋の御用聞きの報告を聞かされた吾妻屋が驚愕《きょうがく》した。

「千五百両からの金を遣って、柳橋から取りあげた女だぞ。籠《かご》の鳥ではないが、手元に置くか、女中の一人か二人でも付けて、こぎれいな家に閉じこめるかするのが普通だろう」

　あり得ないと吾妻屋がわめいた。

「まだ家が出来ていないのではございませんか。小梅《こうめ》あたりに数寄屋《すきや》造りの寮を建てるとなると、少なくとも半年はかかります」

　寛二が手間取っている理由を推測した。

「……なるほどな」

　吾妻屋が腑《ふ》に落ちたと手を打った。

「今しかないな」

「はい。寮に入ってしまえば、門番代わりの男衆や身の回りの世話をするという名目の見張り女中が……」

　いい女を囲った男は、浮気の心配をしなければならなかった。なにせ金で買ったようなものだ。そこに恋しいだとか愛《いと》しいだとかいった枷《かせ》はない。

「会うことさえできなくなる」

　そんなところへのこのこ柳橋のお茶の者が訪ねていけば、門番代わりの男衆に棒で追われるのがおちであった。

「行ってきてくれるか」

「あっしがですかい」

言われた寛二が訊き返した。

「他の者には任せられないだろう」

「旦那、それはよろしくないかと」

信用していると言った吾妻屋に寛二が首を左右に振った。

「まずあっしの顔を加壽美姐さんは知りやせん」

属していない茶屋の検番なぞ、他の芸妓にしてみればいないも同じなのだ。まず信用はされないと寛二が断言した。

「なにより、代理じゃ、真剣味がなくなりやす。主《あるじ》が来るほどじゃないなら、話さなくてもいいだろうとなりかねやせん。もう加壽美姐さんは柳橋の住人じゃないということをお考えいただかねえと」

「軽く見られたうえ、他人事《ひとごと》あつかいされる……」

「へい。ですから、加壽美姐さんには直接旦那に足を運んでもらわないといけやせん」

寛二の意見は正しい。

「わかった。明日にでも行ってこよう」

正論に吾妻屋が折れた。

四

村垣伊勢は左馬介を引き留めることに成功したが、それ以上には進まなかった。

左馬介は、村垣伊勢にくっつかれたまま、極楽のような地獄のようなときを過ごしたが、あっさりと解放された。

「明日も……」

すがるような村垣伊勢に、左馬介は無言で首肯した。

「仮眠は取れなかった」

左馬介は長屋を出たところで嘆息した。

「とにかく湯だ」

己《おのれ》の身体から、村垣伊勢の匂いがする。そのまま分銅屋へ出向くのは、まずかった。

「お出《い》でなさいまし、先生」

分銅屋がやっている湯屋の番台が、左馬介を歓迎した。

「入れてもらう」

「どうぞ、ちょっと混んでますが」

左馬介の求めに番台が応じた。

脱衣場には、わずかながら湯気が籠《こ》もっている。浴室への出入り口である石榴口《ざくろぐち》は、天井から垂れ下がるように出来ており、溜《た》まった湯気を出さないようにしている。とはいえ、人の出入りもあるだけに、完全には遮断できていない。

「…………」

浴室に入った左馬介は、人の隙間を探した。

「用心棒の旦那、ここが空きやすよ」

顔見知りの職人が声をかけてくれた。

「おおっ、すまんな」

礼を述べて左馬介は、譲られた場所へと腰を下ろした。

「……用心棒」

その言葉に少し離れたところにいた男が反応した。

「分銅屋のか」

男が左馬介を観察した。

「どう見ても、うだつのあがらない浪人じゃねえか。たしかに背中の肉は分厚いが、間の抜けた顔……」

鋭かった目つきを男がやわらげた。

「あんなのにやられたとは、親爺《おやじ》たちもたいしたことねえな」

男が嗤《わら》いを浮かべた。

「これは六道の親分にお報《しら》せしなきゃ」

さっと男が浴室を出ていった。

左馬介は髪も解《ほど》いて洗った。

「これを毎日するのか」

明日も村垣伊勢の長屋にいかねばならない左馬介が情けない顔をした。

浪人だけに左馬介は月代《さかやき》を剃《そ》っていない。総髪の場合、鬢付け油を使わないが、それでも乾かすのが面倒なため、毎日洗うことはなかった。

「喜代どのは、鋭い」

分銅屋仁左衛門から薦《すす》められた喜代は、今までも村垣伊勢との接触を見抜いた。

「ご飯を……」

そのたびに飯の盛りが少なくなり、夜食の握り飯が小さくなる。

しっかりと胃袋を摑《つか》まれているだけに、左馬介も気遣いしなければならない。

「旦那」

別の客が左馬介の背中に湯をかけてくれた。

「すまんな」

蒸し風呂は、風呂番に頼んで湯をわけてもらわなければならない。しかも蒸し風呂に使うため熱くなっているのを、水桶《みずおけ》から汲《く》んだ水で冷ますという面倒が要る。その手間をしてくれたことに左馬介は喜んだ。

「お隣、よろしゅうござんすか」

湯をかけてくれた客が尋ねた。

「おおっ、かまわず座ってくれ」

左馬介がうなずいた。

「御免なさいよ」

客が腰を下ろした。

蒸し風呂は汗を掻《か》くことで体表についた汚れを浮かせ、それを竹箆《たけべら》でこそげ落とすようにする。

ようは汗が出るまでなにもしないときがある。その暇を隣に座った客は、左馬介との雑談でと考えたようであった。

「旦那はご存じでござんすか、柳橋のことを」

「加壽美どのが落籍されたことは知っておるぞ」

客の確認に左馬介は答えた。

「それはもう古いですよ」

「古い……ということは他にもあると」

左馬介が興味を見せた。

「最近のことなんですがね。柳橋の芸妓たちが、客を悪《あ》しざまに言うことが増えたそうで」

「客を非難……陰口ならいつものことだろう」

左馬介が少し落胆をした。

芸妓だけではなく、他の奉公人も同じだが、客への不満を仲間内で言い合うことは当たり前であった。

「金を出さない」

「すぐに手を握ったり、八ツ口から手を入れて胸を触ろうとする」

これも芸妓たちの発散であった。

「そいつが違いやしてね。目の前に客がいても平然と口にするそうで」

「客が怒るだろう」

「もう何人もの客が、遊び場を柳橋から他へ移したとか」

驚いた左馬介に、隣に座った男が声を潜めた。

「ほう」

「面白いでやしょう」

声を漏らした左馬介に隣の男が自慢げな顔をした。

「しかし、芸妓たちがなぜそのようなまねを。客は芸妓たちの糧《かて》であろう。そのようなまねをすれば、揚げ代はもらえず、心付けもなくなるだろうに」

芸妓たちの揚げ代は借金があれば、そのほとんどを茶屋に奪われる。それでも芸妓が生きていけるのは、座敷に出たところで客から心付けがもらえるからであった。

柳橋で座敷へ芸妓を呼んで、遊ぼうかという客がくれる心付けである。銭ではなく、最低でも小粒銀、多ければ小判が出てくる。

なかには心付けの上前をはねる茶屋もあるが、それでも大きな収入になる。

客を怒らせるというのは、その心付けを失うことであった。

にやりと笑いを浮かべながら隣の男が、左馬介の顔を窺《うかが》った。

「もったいぶらないでくれ」

こういったときは、すなおに気になるという姿勢を見せるべきだと、用心棒の経験から左馬介は悟っていた。

「加壽美姐さんでやすよ」

「……加壽美さんが」

本気で左馬介が首をかしげた。

「あの落籍祝いを見せつけられた妓たちが、浮かれてしまったんですよ。あたしもあなりたいって」

「……なんだそれは」

隣の男の話に左馬介が啞然とした。

「他人のまねをしてどうすると。他人に憧れてそうなろうと努力をするのはいいが、客にそれを求めてどうすると言うのだ」

左馬介が本気で腹を立てた。

「旦那、旦那。声が大きい」

「それがですよ」

あわてて隣の男があたりを気にしながら、左馬介をなだめた。

「あ、おう。すまぬ」

左馬介が詫びた。

「柳橋の茶屋が気を立てているという噂なんですから」

「茶屋が気にしている」

左馬介が隣の男の言葉に怪訝な顔をした。

「よく知っているな、おぬし」

「左官ですからね。柳橋の仕事をよくしてやす」

職人は家に入りこむだけに、出入りとなった店の奉公人とも親しくなる。昼休みなど弁当を使うときに茶を出してくれる女中といろいろな話をすることも多い。

「それは失礼した。いや、面白い話を聞かせてもらった。今度、一杯おごらせてくれ」

「楽しみにしております」

礼を約束して立ちあがった左馬介に、隣の男がうれしそうに応じた。

左馬介は分銅屋に戻ると、すぐに仁左衛門のもとへ急いだ。

「あっ、諫山さま。ご飯は……」

途中で喜代とすれ違ったが、

「後でお願いする」

今はいいと左馬介は手を振った。

「ご飯が後で……めずらしいこと」

喜代が驚いた。

「そういえば、髪も濡《ぬ》れていたような。湯屋《ゆや》からそんなに急いで……手拭《てぬぐ》いも用意しておかないと」

しっかりと左馬介の状況を確認した喜代が、洗いたての手拭いを取りに行った。

「どうなさいました。ずいぶんとお急《せ》きのようでございますが」

いきなり部屋へ来た左馬介に、分銅屋仁左衛門が目を大きくした。

「これは、すまぬ」

無礼を働いたと気づいた左馬介が詫びた。

「気を付けてくださいな。わたくし一人のときはよいですが、お客さまがお見えのときは困ります」

分銅屋仁左衛門が左馬介を叱った。

「まことに恥じ入る」

左馬介がもう一度頭を下げた。

「なにより、わたくしがここで逢《あ》い引《び》きをしていたら、気まずいでしょう」

「……………」

笑いながら分銅屋仁左衛門が発した内容に、左馬介が息を呑んだ。

「そちらこそ失礼ですよ。わたくしも男。まだまだ枯れてはいません」

分銅屋仁左衛門が憤慨して見せた。

「いや、それは疑っておらぬが……」

「で、どうなさいました」

冗談を口にして左馬介を落ち着かせた分銅屋仁左衛門が、あらためて尋ねた。

「先ほど……」

左馬介は湯屋での話を語った。

「……それですかね」

分銅屋仁左衛門がうなずいた。

「とはいえ、芸妓たちが浮かれるのもなんですが、それを抑えきれていない茶屋の主も情けない」

「たしかに」

嘆息する分銅屋仁左衛門に左馬介が同意した。

「どういたそうか。加壽美どのに安心するよう伝えるか」

「やめておきましょう」

訊いた左馬介に、分銅屋仁左衛門が首を左右に振った。

「なぜ」

「確実なお話ではございませんでしょう。名も知らぬ男から聞かされただけ。大丈夫だと加壽美さんに伝えたことで油断したところになにかあれば、被害はより大きくなりまする。真実だとわかるまでは警戒を続けてもらいましょう」

分銅屋仁左衛門が説明した。

「…………」

「それにこの話が真実ならば、加壽美さんをどうこうするという怖れはまずありません」

納得していない左馬介に分銅屋仁左衛門が続けた。

「加壽美どのを害して落籍祝いがどれほど見事であっても、後が悪ければ意味はないと知らしめるということは」

左馬介が懸念を表した。

「あり得ませんよ。今、そんなことをすれば、茶屋が手を下したと自白したも同然。それこそ柳橋存亡にかかわります」

分銅屋仁左衛門が否定した。

「それはそうであるの」

左馬介が首肯した。

「さて、この話はここで」

さっさと仕事に入れと分銅屋仁左衛門が左馬介を促した。

「そうであった」

左馬介が控えとしている隣室へと移動した。

「……いけませんね。少し加壽美さんへの思い入れが強すぎる」

分銅屋仁左衛門が難しい顔をした。

いかに茶屋の主といったところで主役は芸妓、すべての女が店に帰ってくるまで休むわけにはいかなかった。

「旦那、そろそろ」

「……もう朝か」

若い男衆に起こされた吾妻屋が不機嫌な顔で起きてきた。

「そろそろお昼になります」

若い男衆が刻限を告げた。

「わかった。飯を用意してくれ」

吾妻屋が朝昼兼用の食事を要求した。

どこでも遊所は、夜が主な仕事になる。そのぶん、朝は遅く、朝食は出なかった。

それどころか、男衆たちの食事は前夜揚げ座敷から持ちこまれた客の残りものであり、嫌ならば自前で金を出すことになる。

さすがに茶屋の主には、残りものは出されないが、それでも炊きたての飯となにか具が一つくらい入っただけの味噌汁《みそしる》であった。

「……ではちょっと出てくる。後は頼むよ、寛二」

「承知しました。お気を付けて」

検番は主の留守をあずかる。

寛二が首肯した。

柳橋から浅草は近い。のんびり歩いても小半刻（約三十分）ほどで着く。

「このあたり……あの辻《つじ》だな」

吾妻屋が長屋の入り口を見つけた。

「……すまないが、加壽美姐さんは」

出入り口に近い長屋で仕事をしている職人に吾妻屋が問うた。

「三軒先」

「ありがとうよ」

手も止めずに仕事をしながらそっ気なく答えた職人に吾妻屋は口だけの礼を返し、足を進めた。

「ここだな」

村垣伊勢の長屋前で、一度息を整えた吾妻屋が呼んだ。

「加壽美姐さんはいるかい」

「どちらさんだい」

村垣伊勢の声が返ってきた。

「吾妻屋の四郎助《しろすけ》だよ」

「……吾妻屋の旦那さんかい。ちょっと待っておくれ」

名乗りを聞いた村垣伊勢が戸障子を開けた。

「久しぶりというほどではないけれど、あいかわらず姐さんは美人だな」

「もう芸妓じゃないので、姐さんはやめてくださいな」

吾妻屋の呼びかたに加壽美が嫌そうに手を振った。

「こいつは悪かったね」

軽く吾妻屋が詫びを言った。

「ご用件は」

なにしに来たと加壽美が吾妻屋を急かした。

「なかへは入れてもらえないのか」

「旦那のある身ですよ。男を入れられるわけないでしょう」

吾妻屋の要求を木で鼻をくくったような態度で村垣伊勢が拒んだ。

「…………」

あまりの対応に吾妻屋の顔つきが変わった。

「おいおい、柳橋を離れたからといって、ちょっと酷《ひど》すぎないかい」

「離れたからこそですよ。もう、あたしは素人娘」

苦情を口にした吾妻屋に村垣伊勢が拒否を繰り返した。

「……そうかい」

吾妻屋が一応引いた。

「じゃあ、話を進めようか」

声をいきなり吾妻屋が大きくした。

「おまえさんの旦那が誰かを教えて欲しくて来たんだよ」

吾妻屋が問いを口にした。

「なんだい」

「大きな声だねえ」

物見高い長屋の女連中がぞろぞろと顔を出した。

長屋の女たちは、炊事洗濯子育てと毎日が忙しい。とても髪の毛を手入れしたり、口紅をつける余裕などなかった。さらに衣服なんぞ古着でさえ何年も買っていない。なにより、旦那持ちの女と違って、明日の米を心配しなければならない。

ようは、長屋の女たちに妾《めかけ》は嫌われている。

わざと大声で報せることで、吾妻屋は長屋の女たちを扇動し、村垣伊勢を居づらくしようとした。

「……………」

「なんだ、その目つきは」

哀れむような村垣伊勢の目に、吾妻屋が憤《いきどお》った。

「足下が明るいうちに帰りなよ」

村垣伊勢が犬を追うように手を振った。

「なっ、なにさまのつもりだ」

「ただの女だよ」

「こいつっ」

頭に血がのぼった吾妻屋が村垣伊勢に手を伸ばした。

「ふん」

村垣伊勢が裾《すそ》を翻して、吾妻屋の股間を蹴りあげた。

「……うっ」

吾妻屋がうめきながら、転がった。

「てめえごときが、触っていい身体じゃねえんだ」

柳橋芸妓の伝法《でんぽう》さを村垣伊勢が出した。

「おととい来な」

村垣伊勢が戸障子を音を立てて閉めた。

「あがっ、おうっ」

急所への一撃に吾妻屋が苦鳴《くめい》をあげて転がった。

「ありゃあ、痛いよねえ」

「女のあたしらにはわからないけど……脂汗を流しているよ」

長屋の女たちが吾妻屋を指さした。

「……あああ」

しばらくうずくまっていた吾妻屋が、ようやく立ちあがろうとした。

「この女《あま》があ」

吾妻屋が戸障子を蹴飛ばそうとした。

「やめたほうがいいですよ」

「なんだ」

声をかけた長屋の女を吾妻屋が睨みつけた。

「ここは分銅屋さんの持ち長屋だよ。そこに傷を付けたら、分銅屋さんが黙ってはいないと思うけど」

「うっ」

柳橋でも得意先である分銅屋仁左衛門の機嫌を損ねるのはまずかった。

「おめえさんたちは、加壽美が憎くないのか」

「まったくないとは言わないけどね。加壽美さんは気を遣ってくれるからね。遊山《ゆさん》のたびに土産《みやげ》を買ってきてくれるし、長屋のどぶ掃除も一緒にするし。八分《はちぶ》にする気はないね」

「ちっ」

吾妻屋が腹立たしいと舌打ちをした。

「覚えていろよ」

閉まった戸障子に捨て台詞《ぜりふ》を吐いて、吾妻屋が長屋を出ていった。

第四章　動きの知れた金

一

六道の親分は手下が湯屋《ゆや》で見つけた左馬介がさほど強そうに見えなかったという話に乗った。

「やるぞ」

「へい」

六道の親分の決断に手下たちが興奮した。

「船頭のやろうが気づく前にお宝はいただく」

足並みをそろえるつもりはないと言った船頭の親爺《おやじ》を、六道の親分は思い出していた。

「何人用意いたしやしょう」

手下が人数をどうするかと尋ねた。

「腕の立つのを四人、足が速いのを二人」

「足の速いの……」

六道の親分の言葉に手下が戸惑った。

「浪人と分銅屋を分断するのさ。足の速い奴が走り回って、二人の連携を断つ。翻弄《ほんろう》してやるのだ。そこを残りが襲いかかる」

「なるほど、さすがは親分だ。諸葛亮孔明《しよかつりようこうめい》も裸足《はだし》で逃げ出す知謀」

策を聞いた手下が大仰に褒《ほ》め称《たた》えた。

「照れるじゃねえか」

まんざらでもない顔で六道の親分が賞賛を受け取った。

「じゃ、あっしは手配に出て参りやす」

「頼んだぞ、羽太《うた》」

「お任せを」

六道の親分の声を背にした羽太は、少し離れたところで不意に路地に入った。

「……誰も付けてこねえな」

しばらく様子を窺《うかが》っていた羽太が、路地を反対側へと抜け、他人目《ひとめ》につきにくい細い道をわざと何度も曲がりながら、日本堤《にほんづつみ》へと出た。

「いるかい」

「誰……ああ、おめえか」

日本堤で吉原帰りの客を待っていた船頭が、羽太に気づいた。

「親爺さんに報《しら》せたいことがある」

「乗んな」

猪牙船《ちょきぶね》の船頭が告げた。

船頭の親爺の宿《やさ》は大川《おおかわ》沿いの船宿であった。季節の川遊び、吉原への行き帰りの船の手配を表看板としているが、他人の目を忍ぶ男女の密会の場として座敷を貸したりもしている。

もちろん、これは表看板であり、裏は船頭たちを配下に収め、川沿いから吉原近辺までを縄張りとする無頼《ぶらい》の親方であった。

「どうしたい」

あだな年増の膝《ひざ》を枕《まくら》にうたた寝をしていた船頭の親爺が、そのままの姿勢でやってきた羽太に問うた。

「六道の親分が……」

羽太が話をした。

「ほう。あの臆病者の六道が、分銅屋を襲う気になったか」

船頭の親爺がゆっくりと身体《からだ》を起こした。

「常《つね》、あっちに行ってろ」

「はいな」

手を振られた女が部屋から出ていった。

「詳しく聞こうじゃねえか」

船頭の親爺が羽太を促した。

「……足の速いのか。ほう、なかなか六道にしては考えたもんだ」

にやりと船頭の親爺が嗤《わら》った。

「どうするかな」

船頭の親爺が考えた。

「……先にやって、六道の鼻を明かしてやるのもいいが……それより六道が動くのを待って、上前をはねてやるか」

しばらく考えた船頭の親爺が言った。

「羽太、おめえは六道の側《そば》にいて、いつどこでことを起こすかがわかったら、報せを寄こしな」

「へい」

「分銅屋の金と一緒に六道の縄張りももらってしまおう」

船頭の親爺が一石二鳥を狙うと告げた。

「親爺さん……」

「皆まで言うな。ちゃんと約束は守る。六道の縄張りのうち岡場所一つと賭場《とば》を二つ、くれてやる」

窺うような羽太に船頭の親爺がうなずいた。


分銅屋仁左衛門は毎日歩き回っているわけではなかった。それよりも来客の対応で忙しく、店から出ないほうが多かった。

「またよろしくお願いする」

「こちらこそお世話になりましたこと、かたじけなく存じまする」

手をあげた客に、分銅屋仁左衛門がていねいに腰を折って見送った。

「……諫山さま、なにかありましたかな」

分銅屋仁左衛門が待っていた左馬介に顔を向けた。

「見張られているようだ」

「……またですか」

左馬介の報告に、分銅屋仁左衛門が嫌そうに頬をゆがめた。

「いつものように外回りを確認していたのだが、店の正面がよく見える向かい側の辻《つじ》角《かど》にうろんな者がいた」

日課の一つである巡回をした左馬介が、怪しげな男を見つけた。

「どういった風体で」

分銅屋仁左衛門だけでなく、番頭も気にした。

「縞《しま》の絣《かすり》を着て、尻端折《しりはしょ》りをした若い男が……」

左馬介の説明に、番頭がすばやく暖簾《のれん》の隙間から確かめた。

「たしかに」

番頭が確認した。

「なにが目的だと思います」

分銅屋仁左衛門が左馬介に訊《き》いた。

「どう見ても見張りに慣れていない」

一カ所に居続けるというのは、白紙に一滴の墨を落としたかのように目立つ。手慣れた見張りは、よく見えるところを数カ所見つけておき、そこを繰り返し行き来することで、見つかりにくいようにした。

「二つ考えられるだろう。一つは力業の盗賊」

力業の盗賊とは、夜中に忍びこんで人知れずといったのではなく、掛け矢などで表戸を破壊して、騒ぎが起きて町奉行所から捕吏が駆けつけるまでの間に、奉公人や主《あるじ》などを皆殺しにして金を洗いざらい盗んでいく乱暴な者たちであった。

「それなら問題ありませんね」

分銅屋仁左衛門が言った。

何度も莫大《ばくだい》な財を狙われた分銅屋仁左衛門は、表戸だけでなく裏木戸まで鉄芯《てっしん》を入れている。掛け矢で殴ったくらいで破られることはなかった。

「もう一つは、出かけたところを襲う」

「この間と同じだと」

分銅屋仁左衛門が嘆息《たんそく》した。

「いかがでございます」

「先日ていどの輩《やから》ならば、四人くらいなら問題はない」

左馬介が鉄刀を叩《たた》いて見せた。

「五人以上は難しいと」

「前後左右を押さえられてしまえば、残った一人への対応ができぬか、遅れてしまう。こうなっては分銅屋を守り切れない」

任せておけとか、決して傷を付けさせることはないなどという勇ましい話を左馬介はしなかった。

「ふむう」

分銅屋仁左衛門が悩んだ。

「お一人では難しい……しかし、今から用心棒を増やす気はありませんし。諫山さまのように信じきれませぬから」

「それは拙者も勧めぬ」

左馬介も息の合わない相手が来たならば、やりにくい。

「この間の連中とかかわりあるとお考えで」

「そう思っていたほうがよいと思うぞ」

問うた分銅屋仁左衛門に左馬介が答えた。

「となると前回より少ないという希望《のぞみ》は」

「持てぬなあ。見張りが出ていないのならば、まったくの別々だと、先日のことを知らないと期待できるのだが……」

「わたくしが外へ出るのを見届けて、その帰路を」

「先日と同じだろう。前回は見張られているといった気配を感じられなかったが」

「………」

分銅屋仁左衛門が黙った。

「先日のように田沼さまに頼るとはいかぬか」

「それはよろしくありません」

左馬介の提案を分銅屋仁左衛門が却下した。

「借りというのはできるだけ作らない。どうしても借りた場合は、すぐに返す。これが商いで生き残っていく方法」

分銅屋仁左衛門が田沼意次との関係を依存にするつもりはないと告げた。

「気を付けよう」

左馬介も気を引き締めた。

「では、どうする。無頼に辛抱はできぬ。相手があきらめるまで店から出ないというのも一手だとは思うが」

引きこもってはどうだろうかと左馬介が意見を出した。

「商いにさしつかえまする。お召しを断るわけには参りませぬ」

分銅屋仁左衛門の出入り先には御三家も入っており、他にも分銅屋に金を預けてくれている金主《きんしゅ》もいる。

「来るように」

そのどちらも分銅屋仁左衛門にとっては大事な取引先であり、その要望は無視できるものではなかった。

「むうう」

左馬介が唸《うな》った。

「店先で唸られては困ります」

いつまでも奥へ戻ってこない分銅屋仁左衛門の姿をたしかめに来た喜代がきれた。

「これはすまぬ」

「すまなかったね」

左馬介と分銅屋仁左衛門が謝罪した。

「どうかなさったのでございますか」

喜代が雰囲気を感じ取った。

「…………」

話していいのかと左馬介が分銅屋仁左衛門を見た。

「いや、店が見張られているようでね」

分銅屋仁左衛門が述べた。

喜代も盗賊の襲撃を経験している。分銅屋仁左衛門はなにも知らせないよりは、万一に備えたほうがいいと考えた。

「それは……」

喜代が眉をひそめた。

「この間のこともあるだろう。少なければ諫山さまが排除できるけど、数が多すぎるとねえ」

「…………」

分銅屋仁左衛門の言葉に喜代が息を呑《の》んだ。

「これがあるので、大概の敵はどうとでもできるのだがの」

鉄の棒ともいえる鉄太刀は、打ち合えば刀を折り、そしてどこかに当たれば、軽くとも骨を折る。もちろん、当たりどころによっては致命傷を与える。

また、刀と違って使っているうちに切れ味が落ちるということもない。まさに守りに徹した武器であった。

「だが、数には……」

分銅屋仁左衛門が苦吟《くぎん》した。

「布屋の親分さんにお願いしては」

喜代がふと口にした。

「……ああ」

「それがあったね」

二人だけでどうにかすることしか考えていなかった左馬介と分銅屋仁左衛門が顔を見合わせて、苦笑した。

「番頭さんを呼んでおくれ」

分銅屋仁左衛門が喜代に頼んだ。

二

見張りをしていた六道の親分の手下は、店から出てきた分銅屋仁左衛門と左馬介に気づいた。

「どこへいく」

行き先がわからなければ、襲いようがない。

見張りは二人の後を付けた。

「秋葉《あきば》さまへのお参りは久しぶりですね」

「拙者など初めてじゃ」

二人の会話が見張りの耳に届いた。

秋葉さまとは向島《むこうじま》にある火除《ひよ》けの神秋葉大権現《だいごんげん》宮千代世稲荷《ちよせいなり》のことである。鎌倉時代に建立された秋葉山《あきはさん》の別院で、元禄《げんろく》のころに沼田《ぬまた》城主本多《ほんだ》家の奉賛で向島に勧進《かんじん》された。

慈雨《じう》鎮火《ちんか》に霊験あらたかだとして、崇敬されていた。

大火の多い江戸では、秋葉大権現宮のお札《ふだ》を台所などに貼ることで火除《ひよ》けになると信じられており、年に一度は参拝するのが慣例となっていた。

「向島か……親分に報せなければ」

見張りが小走りに離れていった。

「行きました。相方が後を付けてやす」

すっと近づいてきた職人風の下っ引きがささやいた。

「ご苦労さま」

「あっしは少し離れますが、このままお供をいたしやす」

ねぎらった分銅屋仁左衛門に下っ引きが応じた。

「頼みましたよ」

分銅屋仁左衛門がうなずいた。

「引っかかってくれましたね」

分銅屋仁左衛門が嗤《わら》った。

「まあ、あの手の考えは浅いからな。すべてが己《おのれ》のつごうのよいように動くと思いこんでいる」

左馬介も嘲笑《ちょうしょう》した。

「いつ来るでしょうかね」

「ちょっとでも頭が回るようなら、向島から浅草へ戻る途中」

「馬鹿だったら」

分銅屋仁左衛門が訊いた。

「お札に納める金さえ取りたいと欲をかくなら、秋葉社の手前」

左馬介が告げた。

「どちらだと」

「前だと思う」

問うた分銅屋仁左衛門に左馬介が口にした。

「十両も出すはずもありませんのに」

分銅屋仁左衛門が嘆息した。

秋葉大権現宮の石鳥居が見えたところで、先ほどの職人風の下っ引きが二人を追い抜いた。

「社のなかに二人、外に四人」

そう小声で報せ、そのまま先へ行った。

「分かれた……」

「追い出し役と待ち構え役だろう。二人が境内《けいだい》で襲いかかって、あわてて背を向けて逃げたところを、という考えだろうな」

呟《つぶや》いた分銅屋仁左衛門に左馬介が解説した。

「名案ですか」

「駄目だな。ちゃんと調べていない。こっちがその辺の商人のように二人ぐらいに驚いて逃げると信じている。まあ、侮《あなど》ってくれるぶんには助かるがな」

首をかしげた分銅屋仁左衛門へ左馬介が肩をすくめて見せた。

「たしかに二人ぐらいで驚いたり、怯《おび》えたりはしませんな。さぞやかわいげのない獲物でございますな」

分銅屋仁左衛門も苦笑した。

「神域で血を流すわけにはいかぬ。その二人は足の骨をたたき折るくらいでよいかな」

「お任せをいたしております」

左馬介の考えを分銅屋仁左衛門は認めた。

見張りの男は襲撃役ではなく、物見役として分銅屋仁左衛門たちの姿を探していた。

「来た。変わらず二人のままか」

待ち伏せに気づいていないと見張りの男は仲間のもとへ奔《はし》った。

「……そうか」

見張りの男の報告を受けた六道の親分が満足そうにうなずいた。

「わかっているな。手筈《てはず》をまちがえるんじゃねえぞ。貞三《ていぞう》と須作《すさく》のやろうが獲物を境内から追い出す。そこを一気に囲んでやっちまえ。いいか、決して鳥居のなかでやるんじゃねえぞ」

無頼は信心深い者が多い。人は殺せるが、神は死なないからだ。普通に斬りかかる、殴りかかるといった攻撃ならば防げるが、落雷や突風といった神罰は避けようがない。なにせ、碌《ろく》なことをしていないと本人もわかっているのだ。

「へい」

親分が畏《おそ》れている。配下の者たちも素直に従った。

「見えやした」

「よし、身を隠せ。見つかるんじゃねえぞ」

見張りの男の声に六道の親分が手を振った。

「滅多にお参りしませんが、なかなかいいものでございますな」

「神域に入ると身も心も洗われる気がする」

のんびりと話しながら、分銅屋仁左衛門と左馬介が鳥居を潜った。

秋葉大権現宮の境内には参道を形作るように、寄進された石灯籠《いしどうろう》が立ち並んでいた。

「おい」

「ああ」

貞三と須作の二人が、向かい合わせの石灯籠の陰でうなずきあった。

「わあああ」

「くたばれえ」

二人の役目は分銅屋仁左衛門と左馬介を境内から追い立てることである。参道に飛び出した二人が大声をあげて威嚇《いかく》した。

「うるさいわ」

左馬介が三間（約五・四メートル）ほどの間合いをあっという間に縮めて、鉄扇《てっせん》で貞三の左臑《すね》、須作の左臑を続けざまに打ち据えた。

「あがっ」

「ぎゃああ」

臑は人体の急所でもある。そこを折られた二人が絶叫して、転がった。

「汚い悲鳴ですな」

冷たい目で分銅屋仁左衛門が、臑を抱えて泣きわめいている二人を見下ろした。

「無手《むて》だぞ、こやつら」

倒した二人に左馬介があきれた。

「よほど自信があったのか、脅すだけで逃げ出すと思われていたのでしょうな」

分銅屋仁左衛門が小さく首を左右に振った。

「おかげで楽だったがな」

左馬介が笑いを浮かべた。

「気絶したようですね。情けない」

「さて、外を片付けようか」

ため息を吐《つ》いた分銅屋仁左衛門を促すように、左馬介が鉄扇を懐《ふところ》へ仕舞い、鉄太刀に替えた。

「外での遠慮は要《い》りませんから」

冷たく分銅屋仁左衛門が告げた。

境内から響いた絶叫を六道の親分たちも聞いた。

「貞三と須作も気合いが入ってるじゃねえか」

二人がやられた悲鳴ではなく、追い立てるためにあげた叫びだと六道の親分は勘違いをした。

「すぐに出てくるぞ。いいか、目的は金だ。分銅屋仁左衛門は殺すなよ。人質としても金になる。用心棒は片付けろ」

六道の親分がもう一度指示を出した。

「……来たっ」

見張りの男が声をあげた。

「よしっ……えっ」

気合いを入れた六道の親分が、唖然《あぜん》とした。

「並んでますね」

「囲んでいると言ってやれ」

分銅屋仁左衛門の嘲弄《ちょうろう》に、左馬介も追随した。

「………」

「どうなってる……」

落ち着いている分銅屋仁左衛門と左馬介の姿に、手下たちが混乱した。

「参るっ」

相手が立ち直るまで待ってやる理由はない。

左馬介が鉄太刀を右手に駆けた。

「……あぎゃっ」

「えっ……ぎゃ」

左馬介たちを囲みこもうとしていた右端の二人が、首筋と右脇を打たれて倒れた。

「な、なにがっ」

「斬れ、斬れ」

恐慌状態になった配下に六道の親分が叫んだ。

「あわわわ」

言われて配下たちが、長脇差《ながわきざし》を抜こうとした。

刀は屈《かが》んだりしたとき不意に抜けないよう、鞘《さや》に鯉口《こいぐち》という仕掛けがされている。これを外すには、一度まっすぐな状態で柄《つか》を少しひねるように持ちあげなければならない。これを鯉口を切るといい、これをしなければ力をこめても刀は鞘から抜けなかった。

「ぬ、抜けねえ」

「ど、どうして」

焦っていて鯉口を忘れた手下たちが一層混乱した。

「……………」

そんな手下を左馬介は情け容赦なく、鉄太刀で打ち据えた。

「かはっ」

「ぐえええええ」

肩の骨を上からたたき折られた手下は呼吸できなくなり、肝臓を殴られた手下が吐きながら崩れた。

「……馬鹿なっ」

たちまち手下の四人を目の前で潰《つぶ》された六道の親分が蒼白《そうはく》になった。

「馬鹿はどっちですかね」

分銅屋仁左衛門が六道の親分を見た。

「他人の懐を狙う。そんな御法度《ごはっと》を白昼堂々考えるなど、愚か者以外はいませんでしょう」

「たいしたことはないんじゃ……」

嗤われた六道の親分が、左馬介を指さした。

「己の目で確認したでしょう。ああ、次は吾《わ》が身で体験できますよ」

分銅屋仁左衛門が口の端を吊《つ》りあげた。

「羽太、行け」

「冗談じゃねえ。こんなところで死んでたまるか。船頭の親爺さん」

残った最後の配下が六道の親分を裏切った。

「てめえ」

六道の親分が顔を真っ赤にした。

「話が違うぜえ、羽太」

潜んでいた船頭の親爺が配下の船頭くずれたちを連れて、現れた。

「ですが、六道の力は削《そ》ぎやしたぜ」

有力な手下たちを失った六道の親分の再起は難しい。できたとしてもかなりのときと金がかかる。そして、そんな余裕を与えるほど船頭の親爺を含めた周囲の無頼たちは甘くなかった。

「阿呆《あほう》、別の虎を目覚めさせただけじゃねえか」

船頭の親爺が左馬介に顔を向けた。

「面倒が増えましたかね」

分銅屋仁左衛門が左馬介に話しかけた。

「二度にわけられるよりはましだと思うが」

左馬介がやることは同じだと返した。

「肚《はら》が据わっているねえ、分銅屋さん」

「お褒めいただきありがとう存じますが、どちらさまで」

船頭の親爺に声をかけられた分銅屋仁左衛門が問うた。

「名乗るほどの者じゃねえよ」

「さようですか。では、もう話しかけないでいただきましょう。名乗りもできない小心者には用はございません」

「なんだとっ」

「てめえ」

親分を馬鹿にされた船頭くずれたちが真っ赤になった。

「諫山先生、こちらの方々は御用がおありのようです。わたくしたちは帰りましょう」

「お参りはよいのか」

分銅屋仁左衛門と左馬介は、無頼たちを相手にしないと言った。

「日が悪いですからね。いい日を選んで出直しましょう」

「承知した」

神さま参りは、邪魔をした者に罰《ばち》が当たるといわれている。分銅屋仁左衛門は、こちらのせいではないと口にした。

「待ちやがれ」

背を向けた分銅屋仁左衛門と左馬介を船頭の親爺が制した。

「晩ご飯はなにかの」

「魚屋が来ておりましたから、すずきか鯛《たい》でしょう」

左馬介の話に分銅屋仁左衛門がのった。

「おいっ」

「声をかけるなと言ったはずですが」

流された船頭の親爺が怒るのを、分銅屋仁左衛門が不機嫌に応じた。

「いい気になるなよ」

船頭の親爺が声を低くした。

「そっくりそのままお返ししましょう」

分銅屋仁左衛門が言い返した。

「痛い目に遭わせてやれば、口の利きかたを覚えますぜ」

折れた船の櫂《かい》を手にした船頭くずれが、威圧感を出すようにゆっくりと分銅屋仁左衛門へと近づいた。

「金蔓《かねづる》だ。死なせるんじゃねえぞ」

船頭の親爺が、分銅屋仁左衛門の恐怖を煽《あお》った。

「わかってやさ。手足の一本……ぐっ」

「間抜けが」

調子にのった船頭くずれに、左馬介が対応した。

「邪魔だ」

船頭くずれが折れた櫂を振りあげ、左馬介目がけて落とした。

「ふん」

左馬介が鉄太刀で止めた。

「刀で止められると思うなよ」

両腕に力こぶを作って、船頭くずれが圧をかけた。

「そっちこそ、腐った櫂で勝てるものか」

左馬介が押し返した。

「鞘が割れない……」

櫂を止めている鞘に船頭くずれが目を剝《む》いた。

「……わかったか」

ぐいっと左馬介が船頭くずれの動揺に合わせて鉄太刀を撥《は》ねあげた。

「うおっ」

櫂が上へと撥ねられた船頭くずれの隙に、左馬介が太刀の鐺《こじり》を叩きこんだ。

「……………」

みぞおちを破られた船頭くずれが絶息した。

「満《みつ》……」

仲間の死に船頭くずれたちが呆然《ぼうぜん》となった。

「……………」

気合い声や挑発の台詞《せりふ》を口にせず、無言で左馬介が船頭くずれたちへと突撃した。

「こいつっ」

あわてて腰の長脇差に手を伸ばした船頭の親爺を左馬介は最初に狙った。

「ああ」

防ごうとした長脇差を左馬介の鉄太刀は蹴《け》散《ち》らすように折って、そのまま首筋へ力を加えた。

「……ふうう」

抜けるような息を最後に船頭の親爺が死んだ。

「お、親爺がやられた」

配下の船頭くずれたちがうろたえた。

「御用だ。神妙にしろ」

そこへ布屋の下っ引きが十手を振りかざして、参入した。

「御用聞きだ、逃げろ」

船頭の親爺を失って、腰の引けた船頭くずれたちが我慢できるはずもなく、逃げ出そうとした。

「抵抗するんじゃねえ」

二人の下っ引きは布屋の親分の手下のなかでも腕が立つ。

遠慮なく十手で殴りつけ、手早く捕り縄で縛っていく。

「逃がすわけなかろう」

左馬介も遠慮なく船頭くずれたちを鉄太刀で叩いた。

「ちくしょう」

羽太も背を向けて駆け出そうとした。

「おめえだけは許さねえ」

怒りのままに六道の親分が、羽太を後ろから斬りつけた。

「痛てえええ」

追いすがる形での一撃は浅くなりやすい。六道の親分の一刀は羽太の背中を割いたが、致命傷には及ばなかった。

「た、助けて……」

背中を斬られた痛みで走れなくなった羽太が、血刀を持って迫る六道の親分に命乞いをした。

「もう、終わりなんだよ。おいらもおめえもな」

六道の親分が、憤怒《ふんぬ》の表情を泣き顔に変えて、羽太に止めを刺した。

「死にたく……」

胸を長脇差に突き通された羽太が死んだ。

「どうしてこうなったんだ」

羽太に刺さったままの長脇差をそのままに、六道の親分が分銅屋仁左衛門に尋ねた。

「知りませんよ。人を殺して金を盗《と》ろうという輩のことなんぞ」

分銅屋仁左衛門が冷たくあしらった。

「……………」

六道の親分が無言で膝から崩れ落ちた。

「終わったぞ、分銅屋どの」

左馬介が船頭くずれたちを布屋の下っ引きが捕まえたと報告した。

「じゃあ、帰りましょうか。後のことは布屋さんがやってくれます」

縄張りをこえてのことも含めて、分銅屋仁左衛門は布屋の親分に丸投げした。

少し歩いたところで左馬介が分銅屋仁左衛門に話しかけた。

「のう、分銅屋どの」

「金は怖《おそ》ろしいな。人を容易に狂わせる」

「今さらですよ、諫山さま。金はこの世に現れたときから、怖ろしいものだったんです。金こそ、人が生み出した化けもの」

「その化けものを商いにしている分銅屋どのは、神か仏か」

「ただの人に決まってますよ。人だからこそ、金を遣えるのですから」

左馬介の震えを含んだ言葉に、分銅屋仁左衛門が淡々と答えた。

三

藩籍簿《はんせきぼ》というのは、武士にとって命に等しい。先祖がどのように召し抱えられてから、どういう経緯を取ってきたかが、簡単ながら記されている。

藩籍簿から削られるというのは、その先祖からの経歴に斜線を入れられる。これは、二度と消せない傷になる。一度放逐《ほうちく》されてから復籍したとしても、これはもとに戻らない。新規召し抱えとして記録される。

「藩祖公に従って、幾多の戦場を駆け巡った名誉が……」

譜代名門が新参として、藩士の末席に置かれる。

もちろん、復帰など稀《まれ》の稀である。藩籍から消されるような家は、二度と領内、江戸藩邸に近づくことさえできないからであった。

そんな重要な藩籍簿に改竄《かいざん》を加える。

国元の命令とはいえ、会津藩江戸勘定奉行津川は苦吟していた。

「……」

そもそも藩籍簿は下目付の管理にあり、勘定奉行だからといって借り出すことはできなかった。

正式な手続きを取れば、閲覧はできる。ただし、下目付の監視がつく。

「なにをするか」

「不埒《ふらち》につき、召し放つ」

そこで藩籍簿に筆を入れようものならば、津川が下目付に捕まり、会津藩から放り出される。

「江戸家老さまからのお指図でございまする」

と言いわけをしたところで、

「知らぬ」

井深深右衛門は知らぬ顔をする。

「他人に罪を押しつけるなど、武士の風上にも置けぬ。このまま藩から放り出せば、いずこかでお家の名前に傷を付けかねぬ。後顧の憂いは断つべきである」

どころか上役はつごうの悪いことを知る者をしゃべれないようにしたがる。世に言う、死人に口なしである。

命じられてから二日、津川は動けなかった。

「ご家老さまがお呼びでございまする」

その津川が井深深右衛門に呼びつけられた。

「…………」

「お勘定奉行さま」

悩んでいる津川が反応せず、藩士がもう一度声をかけた。

「…………」

「津川さま」

まだ気づかない津川に、藩士が声を大きくした。

「おう、なんじゃ」

津川がようやく顔をあげた。

「ご家老さまが御用部屋まで来るようにと」

「……そうか。今行く」

重い腰を津川はあげた。

「御用でございましょうや」

顔を出した津川が井深深右衛門に尋ねた。

「御用ではないわ。どうなっておる」

井深深右衛門が、津川を叱《しか》りつけた。

「聞けば、藩籍簿を借り出してもおらぬというではないか。筆も入れず、分銅屋の祖先を会津藩士とすることが、そなたにはできるとでも」

いつもの温厚な井深深右衛門らしくない怒りを露《あら》わにした。

「わかってはおりまするが、なかなか難しく」

津川が首を横に振った。

「どうなっていると国元の者が責め立てておるのだ。今月末までに金をどうにかできねば、一揆《いっき》が起こりかねぬと」

「一揆が……」

津川も顔色を変えた。

「それに一日返済が遅れれば、遅れただけ利が嵩《かさ》むのだぞ」

「たしかにさようでございまする。されど……」

勘定奉行をやっているだけに、金利には詳しい。

「されど、なんだと申すか」

井深深右衛門が追及をした。

「下目付の監視下で藩籍簿に改竄など無理でございまする」

「なんとか考えよ」

「ご家老さまこそ、ご助言をお願いいたしまする」

「むっ」

天に吐いた唾が返ってきた。井深深右衛門が詰まった。

「しかし、国元の要請も無視できぬ」

「ご家老さまが借り出されてはいかがでしょう。江戸家老さまなれば、下目付どもも目をつぶるやも知れませぬ」

津川が井深深右衛門が実行してはどうかと提案した。

「…………」

井深深右衛門が黙った。

下目付は支配下にあるとはいえ、家老といえども糾弾できた。

「……巻きこむしかないか」

しばらくして井深深右衛門が呟くように言った。

「巻きこむ……下目付をでございまするや」

監察を取りこむと口にした井深深右衛門に、津川が驚いた。

「身分低き者でございますぞ」

津川が首を横に振った。

上士ほど下士を軽く見る。先ほどまで訴追されてしまうと怖れていた下目付を、津川は見下して信用できるのかと言った。

「するしかなかろうが」

どうしたらいいかと泣きついてきた癖にと、井深深右衛門の声が尖《とが》った。

「うっ……」

上役の機嫌を悪くする。それは出世の階段を下る第一歩になる。津川が別の意味で顔色を悪くした。

「代案を出せ。ないならば黙っていよ」

井深深右衛門が津川を怒鳴った。

「……いかがでございましょう。別の者にさせては」

代案ではない責任逃れを津川が口にした。

「別の者……誰だ」

「右筆《ゆうひつ》がよろしいかと」

井深深右衛門の求めに津川が言った。

「……右筆か」

津川の思いつきに井深深右衛門が考え始めた。

右筆は、藩内の公式な書類、記録、幕府や他の大名家などへの書状を制作し、保管するのが役目であった。

当然、藩籍簿を加筆訂正するのも右筆の仕事であった。

「ふむ。たしかに右筆ならば、藩籍簿に筆を入れても警戒されぬな」

井深深右衛門が顎に手を当てて、思案に入った。

「下目付を懐柔するよりも、右筆を取りこむほうが簡単ではあるな」

藩内の風紀取り締まりを役目とする下目付は、堅物《かたぶつ》でなければ務まらなかった。親戚づきあいも遠慮し、藩の重役への挨拶《あいさつ》もしない。もし賄賂《わいろ》でも受け取れば、他の者よりも罪が重くなる。というより切腹しかない。

そんな下目付に藩籍簿の改竄を見逃せなどと言おうものならば、江戸家老でも遠慮なく告発される。

それに比して右筆は綱紀粛正《こうきしゅくせい》を、執政が会議に提案するほど乱れていた。

「家督相続でございまするか。今、御用繁多でございますれば、いつになるか」

「よしなに」

家督相続は、右筆が書式を整えて藩主公の認可を受けるまで効力を発しない。放置するぞと脅す右筆に、やむなく金を渡す。

こういった遣《や》り取りが右筆にとって当たり前になっている。

「いかがでございましょう」

案が採用されそうな雰囲気に、津川が喜色を浮かべた。

「……そうよな」

ゆっくりと井深深右衛門が腕組みを解いた。

「名案ではないが、他にこれはと思うものもない」

渋々ながらの採用だと井深深右衛門が認めた。

「どの者を味方に引き入れましょうか」

右筆は江戸屋敷に五人いる。津川が訊いた。

「どれでも同じだろうが……」

井深深右衛門が悩んだ。

「もっとも長く右筆をしておる者は」

「長くその任にあるのは、杉埜《すぎの》かと」

問われた津川が名前をあげた。

「杉埜……」

露骨に井深深右衛門が頬をゆがめた。

「お気に召しませぬか」

津川が尋ねた。

「…………」

執政が顔色を読まれる。井深深右衛門の失態であった。

「杉埜でなければ、水沢《みずさわ》も二十年は右筆を務めておるはずでございまする」

さっと津川が別人の名前を出した。

「……いや、杉埜でよい」

井深深右衛門が津川を制した。

「よろしゅうございますので」

嫌々仲間に入れれば、どこかで無理か齟齬《そご》が生まれる。津川が井深深右衛門に確認を求めた。

「かまわぬ。いや、杉埜でなければならぬ」

井深深右衛門が己に言い聞かせるように述べた。

「金に汚い杉埜である。利を示せばのってくる」

「裏切ったり、話を漏らしたりの怖れはございませぬか」

今度は津川が懸念《けねん》を見せた。

「それは大丈夫だろう。ことがことだ。それこそ下目付に知られれば、杉埜は腹を切ることになる」

井深深右衛門が首を横に振った。

「呼んで参りましょうや」

杉埜をここへ連れてくるかと津川が訊いた。

「頼んだ」

津川の伺いに井深深右衛門が首を縦に振った。

四

右筆というのは忙しい。なにせ江戸屋敷にかかわる書付と国元から回されてくる書状などの処理もある。他に藩主公の手紙の代筆、重職の書類の清書なども片付けなければならないのだ。

「杉埜はおるか」

「これは津川さま」

勘定奉行は家中でも指折りの実力者である。右筆とは格が違った。

杉埜が素早く近づいてきた。

「ご家老さまがお召しだ」

「……わたくしをご家老さまが」

津川から用件を聞かされた杉埜が懸念を浮かべた。

「御用部屋へ至急との仰せである」

「ただちに」

杉埜が文机《ふづくえ》の上を片付けに席へ戻った。

右筆の仕事のなかには、他見をはばかるものもある。同じ右筆同士とはいえ、なんの書付の処理をしているかを知らせることは許されていなかった。

「お待たせをいたしました」

席を外しているという合図でもある硯箱《すずりばこ》の蓋《ふた》を閉めた杉埜が一礼した。

「参るぞ」

津川が杉埜の先導をした。

「お勘定奉行さま、今回のお召しがなにによるものか、ご存じでございましょうか」

小声で杉埜が訊いてきた。

「…………」

外で言える話ではない。津川は杉埜の問いを無視した。

「ご家老さまはお怒りでございましょうや」

質問のやりかたを杉埜が変えた。

「ご機嫌はよろしからず」

これは事実であった。

「お怒りでございまするか」

杉埜の表情が硬くなった。

「なにかご存じでは……」

すがるような目で杉埜が津川を見た。

下役というのは上役に叱られるとなったとき、どうにかしてその怒りを軽くしようとか、なんとかして他人に押しつけようとあがく。

その第一歩がなにが原因で叱られる羽目になったのかを知ることであった。

なにで怒られるかわかっていれば、言いわけも思いつく。

「あれは某《なにがし》が……」

生《い》け贄《にえ》に最適な者の名前も思いつく。

なにより怒鳴られる心づもりができた。わかっていれば、上役の怒声にも耐えられる。

「黙れ」

「……………」

津川は聞きたがる杉埜を黙らせた。

「杉埜を連れて参りましてございまする」

御用部屋の前で津川が膝を突いた。

「入れ」

「はっ」

井深深右衛門の許可が出たことで、津川と杉埜は御用部屋に入った。

「お呼びと伺いました」

「うむ。もそっと近くまで来い」

なんの用かと問うた杉埜を井深深右衛門が手招きした。

「……………」

呼ばればいたしかたない。杉埜が膝で間合いを詰めた。

「津川、見張りを」

「承知いたしました」

井深深右衛門の指示に、津川が襖際《ふすまぎわ》に腰を下ろして、聞き耳を立てる者がいないかどうかの見張りに入った。

「ごくっ」

勘定奉行を見張りに使う。その異常さに杉埜が唾を呑んだ。

「では、杉埜」

「は、はい」

右筆を三十年近くやっているのだ、咎《とが》めを受ける理由には事欠かない杉埜が、小さく震えた。

「そなたは忠義の臣であるな」

「も、もちろんでございまする」

「なにものも怖れぬ剛勇の士でもあるな」

「はい」

会津藩士は武勇忠義を旨とする。井深深右衛門の確認に、杉埜はうなずくしかなかった。

「ならば、よい。そなたに藩の大事を預ける」

「藩の大事をわたくしに……」

予想していない展開に杉埜が戸惑った。

「うむ。今から申すこと、他言無用である。また、拒むことも許さぬ」

井深深右衛門が家老としての威厳をもって宣した。

「それはっ……」

杉埜が息を呑んだ。

「もちろん、ことをなしたときは相応の褒賞を出す」

家老は藩主ではない。褒賞として加増や藩庫からの報奨金を与える権限はない。だが、人事にかんしては、家老の専権といってもいい。

「組頭《くみがしら》へ推挙してくれる」

「……組頭に」

井深深右衛門の言葉に杉埜が目を大きくした。

組頭はその名の通り、一つの役職を取り仕切る。取り仕切る役職で上下はあるが、それでも家老、中老、用人に次ぐ重職であった。

そして出世には加増が伴う。役職にふさわしいだけの禄《ろく》を藩から与えられるのが慣例であった。

「なにをいたせばよろしゅうございましょう」

目の前に餌をぶら下げられた杉埜が身を乗り出した。

「藩籍簿に……」

井深深右衛門が杉埜に指示を出した。

田沼意次がお側御用取次をしている日の目通り願いが徐々に減りだした。

「ふん」

御休息の間の控えで田沼意次が唇の端を吊りあげた。

「姑息《こそく》なまねをしておる」

田沼意次には老中たちの意図が透けて見えていた。

お側御用取次は、二人いた。田沼主殿頭《とのものかみ》意次と高井兵部少輔信房《たかいひょうぶしょうゆうのぶふさ》である。高井信房は旧今川《いまがわ》家中の家柄で六千石、年齢も田沼意次より上であった。

田沼意次より五年、長くその席にあり、幕府老中たちとの交流も深かった。

「公方さまを甘く見過ぎじゃ」

控えで田沼意次が嗤《わら》いを浮かべた。

「老中松平右近将監《うこんのじょう》さまがお目通りを」

「本多《ほんだ》伯耆守《ほうきのかみ》さま、ご披見願いたいことがと」

高井信房が当番の日に、家重のもとへ参上する老中が増えた。

「い、ぢゅも……」

「はい。おそらく主殿頭どのを忌避《きひ》してのことかと」

すぐに家重は老中たちの意図を見抜いた。

「決して公方さまはうなずかれませぬよう。後は、わたくしが」

大岡出雲守忠光が胸を張った。

「………」

「任せるとのご諚《じょう》である」

家重が無言であれば大岡出雲守忠光が許可すると言い、

「…………」

首を横に振ったならば、

「ならぬとの仰せである」

と代弁した。

「公方さまのお言葉を是非とも賜《たまわ》りたく」

なんとしてでも家重に口を開かせたいと粘る者が出てくる。

「あうう」

「承《うけたまわ》りましてございまする」

一言でも発してくれれば、大岡出雲守が口を出す前に都合のよいように受け取れる。

「待たれよ」

立ち去ろうとした老中たちを大岡出雲守が止めようとしても、お側用人の制止は老中に及ばない。

「ひゃて」

家重が声を出しても聞こえない振りをしてしまえば、後で言いわけはできる。

「ご裁許いただけた」

上《かみ》の御用部屋へ入ってしまえば、もう誰も止められない。いかに家重の代弁者である大岡出雲守でも上の御用部屋へ足を踏み入れることはできないのだ。

完全な揚げ足取りであるが、それでも有効な手立てではある。

大岡出雲守は、これを危惧《きぐ》して家重に声を出さないようにと頼んだのであった。

「話にならぬ」

すぐに策は失敗だとわかった。

「まだこれならば主殿頭のほうがましであった」

田沼意次は取り次ぎを阻止するが、なにが駄目で家重に見せられないかを説明する。

「これでは民の負担が増えましょう」

「先代さまのお決めになったことを無になさるのはよろしくないかと」

それを合わせて訂正すれば、

「公方さまのご都合を伺って参りまする」

と目通りを認める。

きっちりとすれば、別段田沼意次でも問題はないのだ。ただ、老中という幕府最高の地位にある者が用意した施策に意見を言われるのが気に入らないだけ。

「言葉もかけていただけぬよりはまし」

しばらくして老中たちは田沼意次の日も顔を出すようになった。

「いつも通りに戻ったかに見えるが……」

すべての案件に目を通している田沼意次は、数日で気づいた。

「本当によろしくないものがなくなった」

田沼意次が目を鋭くした。

かつては数日に一つか二つ、吉宗が決めた改革案を骨抜きにする、あるいは廃案にしたいという提案が持ちこまれていた。

それがなくなった。

「まだ日が浅いゆえ、確定ではないが……兵部少輔どのが取りこまれたようだ」

田沼意次は同役に疑いを持った。

「それも承知のうえだがな。そちらの味方だけが増えていると思っているだろうが、お側御用取次一人なんぞ、下役数十人に比肩せぬわ」

にやりと田沼意次が嗤った。

加壽美こと村垣伊勢にあしらわれた吾妻屋は、その怒りを収められなかった。

「妾《めかけ》がそれほど偉いか」

運がいい者は後妻に納まるが、芸妓《げいぎ》を引退した女はその多くが妾になる。

「一人の男用の枕になっただけじゃないか」

枕とは芸ではなく、身を売ることで世すぎをする芸妓のことで、普通の者よりも下に見られていた。

「旦那、妓《おんな》どもに聞こえますよ。もう、加壽美のことなんぞ、忘れて商いに身を入れましょうや」

寛二が吾妻屋をなだめた。

「我慢しろというのか。この吾妻屋を門前払いしただけじゃなく、おととい来やがれという悪態まで吐《つ》いたのだぞ」

「たしかに言い過ぎでやすが、もう加壽美は、ここの者ではございません。犬に吠《ほ》えられたと思って、胸をさすってくださいや」

怒っている吾妻屋を寛二がなんとか落ち着かせようとした。

「いいや、辛抱できないね。もともと嫌いだったのだ、あいつのことは。いつも芸しか売りませんとお高く止まっていたくせに、金を積まれたらあっさりと股を開きやがった」

「旦那……まさか」

どこに怒っているかを気づいた寛二が息を呑んだ。

「なんだい」

「茶屋の男が、芸妓に手出しをするのは御法度でござんす」

何が言いたいと訊いた吾妻屋に寛二が険しい顔をした。

「あれは同じ茶屋のなかでの話さ。他の店の芸妓は法度じゃない」

「それは屁理屈《へりくつ》というやつで。それを許せば、柳橋が無茶苦茶になります」

寛二が吾妻屋に嚙《か》みついた。

「なにを言っている。そんなものいくらでも例があるじゃないか。今の茶屋の女将《おかみ》に芸妓あがりが何人いると思ってる」

これは事実であった。名だたる名妓が茶屋の女将となっている見世は多い。

「あれは芸妓を落籍《らくせき》させた旦那が金を出して、茶屋を居抜きで買い取ってやらしているんじゃありませんか」

「丹波屋《たんばや》は違うだろう。あそこは旦那の茶屋に芸妓が入りこんで女将となった」

まだ吾妻屋は抵抗した。

「わかっておいででしょうが。丹波屋さんの女将は、己の借財を綺麗《きれい》にしてから、隠退祝いをちゃんとやって、素人《しろうと》になってからあらためて嫁入られた」

「ちっ」

事実を言われた吾妻屋が吐き捨てた。

芸妓が己の借財を自ら清算して辞めることを隠退といい、旦那に金を出してもらう落籍とは区別した。当たり前のことながら、芸妓が自前で金を貯《た》めることは困難で、隠退することのできる者は少なかった。

「……その態度」

寛二が疑いの目を向けた。

「その目は……」

「落籍させようという気もなく、身体だけ楽しもうなんてまねを」

怒ろうとした吾妻屋を寛二が追及した。

「………」

「冗談じゃねえ」

無言で認めた吾妻屋に寛二が憤怒した。

「おいらたちが生きていけるのは、全部芸妓のおかげ。芸妓たちが身と心を売って、客を楽しませて得た金の上前をはねて、茶屋は、揚げ座敷はやっていける。芸妓たちの犠牲のうえにいるとわかっていればこそ、心地よく働けるようにおいらたちはしなきゃならねえ。それを、おめえは」

「おめえ……旦那に対して、その言葉遣いはどうだ」

「関係あるけえ」

吾妻屋が咎めたが、寛二は蹴り飛ばした。

「もうやってられねえ。先代に拾ってもらった恩があるからずっと勤めてきたが、それもここまで」

寛二が立ちあがった。

「待て。そんなことをしたらどうなるかわかっているのだろうな。回状を出すぞ。となれば柳橋では働けなくなるぞ」

回状とは、「当家にいた某が不義理をしましたので、追放しました。もし、そちらでお雇いになるならば、こちらと喧嘩《けんか》になるとご承知おきください」と記したものである。回状を出されるような者は、どこの見世でも面倒を怖れて抱えることはない。

「出したきゃ、出せ。その代わり、こっちも吾妻屋は芸妓に手を出すと言い触れてくれるわ」

寛二が言い返した。

「………」

これは吾妻屋にとって致命傷であった。今いる芸妓たちは借金でくくられているため、移籍は難しいが、今後芸妓になろうという女は、まず吾妻屋を選ばなくなる。

吾妻屋が黙った。

「ざまあみやがれ」

寛二が笑った。

「どこかで見かけても声をかけるなよ。知り合いだと思われるだけでも気分が悪い」

「……出ていけ。二度と敷居をまたぐんじゃねえ」

罵《ののし》る寛二へ吾妻屋が怒鳴った。

「ふん」

着ていた見世の名前の入ったお仕着せを叩きつけて、寛二が出ていった。

「くそっ。くそっ」

吾妻屋が一人で不満をまき散らした。

「どいつもこいつも、逆らいやがって」

表情をゆがめた吾妻屋が怒りのまま言葉を続けた。

「親父がどうした。もう、親父はいない。吾妻屋の主は、このわたしだ。比べるなあ」

吾妻屋が叫んだ。

「刃向かったこと、後悔させてやる。そうなれば、この吾妻屋がどれほど凄《すご》いかわかるだろう」

銭函《ぜにばこ》をあさって吾妻屋が金を握り、見世を飛び出した。

第五章　深い罠

一

駕籠《かご》に乗り、前後に藩士を従えた井深深右衛門が、分銅屋仁左衛門を訪ねた。

「会津藩江戸家老井深深右衛門である」

店のなかまで駕籠で乗りつけた井深深右衛門が、名乗りをあげた。

「当家の番頭でございまする。御用を伺いまする」

約束のない客に「ようこそ」といった歓迎の言葉は使わない。そう言ってしまえば、無断来訪を認めることになる。そして一度でもそれをすれば、あとはなし崩しが待っている。

「そなたでは話にならぬ。主《あるじ》を呼べ」

井深深右衛門がことさら尊大に命じた。

「あいにく主は他行いたしておりまする」

番頭が分銅屋仁左衛門の留守を伝えた。

「偽りを申すならば許さぬぞ」

供の一人が、番頭を怒鳴りつけた。

「いえいえ。嘘《うそ》などではございません」

「家捜しをいたすぞ」

首を左右に振った番頭に、供の藩士が脅した。

「そのようなことをなさいますと、こちらもそれなりの対応をいたしますが」

金があるだろうと店には強請集《ゆすりたか》りがよく来る。そのていどの脅しで怯《おび》えていては、とても分銅屋の番頭などできなかった。

「どうすると」

「町奉行所へ訴えさせていただきまする」

「会津を町奉行所ごときがどうこうできると」

番頭の答えに供の藩士が嗤《わら》った。

「後は主がどうにかいたしましょう」

「むっ」

平然とした番頭に、供の藩士が詰まった。

田沼意次だけでなく、分銅屋仁左衛門は大名どころか老中ともつきあいがある。それくらいは会津藩でもわかっていた。

「抑えよ、須永《すなが》」

井深深右衛門が供の藩士をなだめた。

「番頭、分銅屋がおらぬならば、いたしかたない。代わりに諫山を呼ぶように」

左馬介をこれへと井深深右衛門が要求した。

父が会津藩士だった左馬介を井深深右衛門は利用しようとした。

「諫山さまも主の供で出ておられまする」

用心棒が主の外出につきあうのは当たり前の行為である。

番頭がもう一度首を横に振った。

「いつ戻る」

井深深右衛門が訊《き》いた。

「お昼過ぎには帰ると聞いておりまするが、なにぶんにも出先のことでございますれば、早いときもあれば、夕刻になることもございまする」

　わからないと番頭が述べた。

「待ってもよいか」

「わたくしでは」

　客間へ通せと言った井深深右衛門に番頭ができないと返した。

「無礼なっ」

　須永と呼ばれた供の藩士が激昂《げっこう》した。

「…………」

　番頭が黙った。

「断ってはおらぬな」

　井深深右衛門が番頭を見つめた。

「…………」

　番頭は沈黙を守った。

「では、ここで待つとしよう」

　そう言って井深深右衛門が駕籠のなかへ戻った。

「お構いはいたしませぬ」

武家駕籠が店の土間を占有していては、他の客が入ってこられなくなる。あからさまな嫌がらせだったが、番頭は抗議せずに好きにしろと応じた。

「このっ」

須永がまた憤慨したが、先ほど井深深右衛門に抑えられたところである。歯がみをするだけで、それ以上の行為には出なかった。

「……帳面を」

「へい」

番頭の指図に小僧がすぐに動いた。

「これでよろしいですか」

小僧が帳面をいくつか番頭の前に置いた。

「……ご苦労さん」

番頭が小僧をねぎらった。

「旦那に」

続けて小声で番頭が小僧にささやいた。

「…………」

小僧が無言でうなずいた。

「作兵衛《さくべえ》、算盤《そろばん》を合わせておくれ」

「しばしお待ちを」

検算を求めた番頭に、手代が手元の書付を机の引き出しに仕舞った。

「では」

「始めるよ。佐野屋さま八千二百五十両、古池屋さま六千八百二十一両……」

帳面を読みあげながら、算盤を手繰《たぐ》る。

「締めて、四万と三千六百二十四両」

「同じで」

番頭の算盤を作兵衛と呼ばれた手代が合ってると言った。

「店で一番算盤の得意なおまえさんと一致したなら大丈夫だね。ご苦労さまでした」

ほほえみながら番頭が作兵衛をねぎらった。

「番頭さん」

下がった作兵衛と入れ替えに、若い手代が番頭のもとへ来た。

「なにがありましたか」

「安房屋《あわや》さんが、金を返せないと」

番頭に問われた若い手代が告げた。

「返せない……理由は」

「それが返せないの一辺倒で、なぜかを言われません」

若い手代が困惑していた。

「安房屋さん……」

先ほどとは別の帳面を番頭が繰った。

「これですね。三年前に二千両を貸してますね。期限は昨日。元利合わせて二千八百九両。形《かた》は茶器一揃《ひとそろ》えですか」

番頭が少しだけ思案した。

「もう一度返却を要求しなさい。それでも駄目なら、形を売り払いますとね」

「へい」

指示を受けた若い手代が店を出ていった。

「番頭」

駕籠のなかから井深深右衛門が声をかけた。

「なにか」

「二千両が二千八百九両というのは、いささか高いのではないか」

帳面から顔をあげた番頭に、井深深右衛門が言った。

「年に一割と二分の利ならば、普通でございますよ」

「一万両借りれば、一年で一千二百両の利を払わねばならぬぞ」

井深深右衛門が驚愕《きょうがく》した。

「月百両になりまする」

番頭が月割りを口にした。

「ひ、百両……」

須永が顔を引きつらせた。

「大金でございますな」

「他人事《ひとごと》のように申すな」

あっさりとしている番頭に須永が怒った。

「それが嫌ならば、お借りにならなければよいだけでございます。最初に年の利はいくら、返済はいついつまでと決まりごとをかわしておりまする。それを納得したうえでお借りになって、いざとなったら返せない。利が高すぎるなど、己に先を見る力がなかったと言っているも同然で」

番頭が淡々と述べた。

「……………」

「うっ」

井深深右衛門も須永も反論できなかった。

「では、金がないときはどうすればいい」

思わず井深深右衛門が尋ねた。

「辛抱なされることです。衣服を新調せずとも、物見遊山に出かけずとも、酒を呑《の》まずとも人は死にません。一日米三合とわずかな味噌《みそ》、少しの菜さえあれば二年でも三年でも生きていけましょう。そうしてまず出ていくものを締める」

「入るを図るは」

収入増加を考えるからではならぬのかと井深深右衛門が問うた。

「金を稼ごうとすると元手が要《い》りまする。新田開発も特産品の生産でも、最初に金が要りまする」

「うむ」

番頭の言葉に井深深右衛門が耳を傾けた。

「そこに無理がありましょう。自前の金ならば、失敗しても己《おのれ》の不明を悔いるだけですみましょう。ですが、借りた金だと貸してくれた方への詫《わ》びも入りまする」

「新たなことは後にする。それではいつまで経《た》っても、収入は増えぬではないか」

井深深右衛門が苦情を言った。

「失礼ながら、会津さまは最初から収入不足でございましたので」

番頭が質問した。

「いや、藩祖のころは裕福ではなかったが、それでもやっていけていた」

「では、いつから金が足りませぬ」

「勘定方ではないゆえ、細かいところは知らぬが、五代将軍綱吉公のころからではないか」

首をかしげながら井深深右衛門が告げた。

「なぜ足りなくなりました」

「諸色《しよしき》が高騰したからじゃ。とくに江戸表の負担が大きい」

これは今も同じだけに、井深深右衛門も答えられた。

「なぜ、そこでなにもなされなかった」

「……それは知らぬ」

井深深右衛門が苦い顔をした。

「もう一つ、会津さまから借財のお話をいただいておるようでございますが、今更なんのためにお遣いに」

「凶作が続いたのだ」

「米が穫《と》れなかった」

「そうじゃ。米が穫れねば、家臣の禄《ろく》も払えぬ」

井深深右衛門が苦渋に満ちた顔をした。

「なぜ米にだけ頼られるのでございましょう」

「えっ……」

不思議そうな番頭に、井深深右衛門が戸惑った。

「米がすべてであろう」

須永が口を出した。

「……米がすべて。ならば、金は不要でございましょう」

「なにを言うか。金がなければものが買えぬだろう」

馬鹿にするなと須永が顔を赤くした。

「金が要る。ならば、なぜお金を稼がれようとなされないのでございますか」

番頭が伺った。

「汚い金など……武士が稼げるか」

須永が大声で言い返した。

「なるほど。お金を借りられるのはよくても稼ぐのは駄目だと」

「それはっ……」

揚げ足を取られた須永が絶句した。

「須永、下がれ」

苦い顔で井深深右衛門が須永を叱《しか》った。

「番頭、いささか言葉が過ぎよう」

「ご無礼を申しました」

態度がなっていないと井深深右衛門が番頭を叱った。

二

行き違っては困る。

番頭から言われた小僧は、店が見えるぎりぎりのところで分銅屋仁左衛門を待っていた。

「今日は日本橋《にほんばし》へ出向かれると仰せでした」

小僧は店の西側で分銅屋仁左衛門の姿を探した。

「あれは諫山さま」

上背のある左馬介は、人の流れにあっても頭が出ているためにわかる。

「旦那さま」

小僧が分銅屋仁左衛門に駆け寄った。

「菊吉《きくきち》じゃないか。どうかしたのかい」

分銅屋仁左衛門が小僧に気づいて問うた。

「今、お店に……」

「……会津のご家老さまがねえ」

聞いた分銅屋仁左衛門が眉間にしわを寄せた。

「あきらめの悪いことだ」

左馬介が嘆息《たんそく》した。

「しかし、駕籠ごと店に乗りこむとは、よほどでございますな」

単なる借財の申しこみではなかろうと分銅屋仁左衛門が懸念を口にした。

「まさか、白昼堂々拐《かどわ》かしもすまい」

「それはないでしょうが……わざわざ番頭さんが菊吉を寄こしたのも気になりますね」

大丈夫だろうと安易に言った左馬介に、分銅屋仁左衛門が険しい表情を見せた。

「番頭が報《しら》せてきた。それは対応を考えておいてくれという準備のためか、あるいは帰ってくるなという警告」

分銅屋仁左衛門が思案し始めた。

「あの番頭どのが、そう考えられるほどの面倒ごと……」

盛大に左馬介が嫌そうに頬をゆがめた。

「碌《ろく》なことではなさそうですな」

分銅屋仁左衛門も苦笑した。

「しかし、帰るまでどうしましょうかね」

店に戻るのはまずいとわかったが、まだ昼日中なのだ。吉原は開いているとはいえ、太陽の明るいうちから出かけるのは、外聞が悪い。

当然、煮売り屋で一杯というのもはばかられる。

地元というのは、顔が知られているだけにこういうときに困る。

「そういえば、落籍祝いをされたと聞いてはいますが、お祝いをしてませんな」

「……えっと」

ふと思いついた分銅屋仁左衛門に、左馬介が顔色を変えた。

「加壽美さんに会いにいきましょうか」

「いきなりすぎぬか」

左馬介が前触れもなしにはどうかと、やんわりと止めた。

「諫山さまはお目にかかっておられるのでしょう」

「まあ、あれを会っているというのかどうかは別にしてになるが」

分銅屋仁左衛門に言われた左馬介がやむを得ずといった感じでうなずいた。

「駄目だったら、駄目でいいですよ」

「わかった」

左馬介が認めた。

若い男でもあるまいし、借りている長屋のなかを見られたところで困るようなものもない。ときどき喜代が掃除に来てくれたりもするので、万年床もやめている。

かつての一人暮らしの長屋は、それこそ洗濯しなければならないふんどし、捨てなければならない塵芥《ごみ》で、床など見えなかったが今はきれいなものであった。

「それに……」

「……それに」

言いかけてこちらに目をくれた分銅屋仁左衛門に、左馬介が首をかしげた。

「諫山さまの長屋に、みょうな女が出入りしていないかどうかも、見きわめなければなりませんし」

「そら恐ろしいことを言わんでくれ」

笑顔になった分銅屋仁左衛門に左馬介が心底嫌そうな顔をした。

「連れこんでおられないと」

「できるわけなかろうが」

隣に村垣伊勢が住み、数日に一度は喜代が来る。そんなところに女ものの鬢《びん》付け油の匂《にお》いなどさせてみれば、どうなるか。考えただけで左馬介は震えが来た。

「はあ、甲斐性《かいしょう》がありませんね」

「甲斐性の問題ではない」

ため息を吐《つ》いた分銅屋仁左衛門に左馬介が肩を落とした。


井深深右衛門の供は須永だけではなかった。店の前にも数人が控えている。

さすがにその前を堂々と行きすぎるわけにもいかないと、分銅屋仁左衛門と左馬介は辻《つじ》を何度も曲がって、加壽美の住む長屋へと着いた。

「たしか、こちらでしたね」

「そうだ」

いかに持ち長屋とはいえ、分銅屋仁左衛門が家賃を集めに来ることはない。

分銅屋仁左衛門が、村垣伊勢の長屋を左馬介に確認した。

「ならば結構。ごめんなさいよ」

「はあい、どちらさま」

声をかけた分銅屋仁左衛門に村垣伊勢がなかで応じた。

「分銅屋だけどね。ちょっといいかな」

「……分銅屋さんですか。すぐに」

名乗りに村垣伊勢が急いで戸障子を開けた。

「お珍しいことで」

戸障子を開けた村垣伊勢が分銅屋仁左衛門を見て驚いた。

「悪いね。ちょっとお祝いを忘れていたものだから」

分銅屋仁左衛門が笑みを見せた。

「そんなお祝いなんて、要りませんのに。まあ、汚いところですが……いけません、つい癖で」

「かまわないよ。その辺の長屋よりは綺麗だと思うけどね」

村垣伊勢の失言に分銅屋仁左衛門が頬を少し引きつらせながら、手を振った。

「お邪魔するよ」

「…………」

分銅屋仁左衛門が村垣伊勢の長屋へ入るのを、左馬介は見ていた。

「諫山さま」

ついて来ない左馬介に、分銅屋仁左衛門が怪訝《けげん》な顔をした。

「いや、拙者は自前の長屋で待機を」

左馬介が逃げ腰になっていた。

「あら、わたくしの長屋には足も踏み入れたくないと」

村垣伊勢の目つきが変わった。

「そういうわけではないぞ」

「なら、よいではありませんか」

否定した左馬介を分銅屋仁左衛門が誘った。

「……承知した」

雇い主には弱い。左馬介が従った。

「なにもございませんが」

手早く村垣伊勢が、湯を沸かして茶を淹《い》れた。

「すまないね。助かるよ」

今日は茶店での休息も取っていない分銅屋仁左衛門が、茶をうまそうに口にした。

「……うまい」

左馬介も同意した。

「それはよござんした」

村垣伊勢がほほえんだ。

「さて、祝いごとは早いほどいいと言うからね。遅れたけれどもこれを」

途中で用意した懐紙包みを、分銅屋仁左衛門が村垣伊勢へと差し出した。

「ごていねいにかたじけのう存じます」

村垣伊勢が包みを拝むようにして受け取った。

「さすがだね。下手《へた》に遠慮されては恥を掻《か》くところだったよ」

分銅屋仁左衛門が満足げにうなずいた。

「他のお方なら、塩をかけるところですが、分銅屋さんのお気遣いとあればいただくのが礼儀」

村垣伊勢が応えた。

「そう言ってもらえるとうれしいね」

「こちらこそ」

分銅屋仁左衛門と村垣伊勢が和やかな遣《や》り取りをした。

「……………」

そんななか左馬介はひたすら静かにしていた。

「ところで加壽美さん。諫山さまはいかがでございますかな。こちらでは」

「こちらでは、でございますか。ならば、おとなしくなされているとお答えするしかございません」

分銅屋仁左衛門の質問の意図を確認した村垣伊勢が答えた。

こちらではというのを分銅屋仁左衛門がわざと強調したのは、左馬介が村垣伊勢の長屋を訪れたことがあるのかというものだと理解していたうえで、村垣伊勢は返事したのであった。

「さようですか」

ちらりと分銅屋仁左衛門が左馬介を見た。

「……………」

左馬介は目を合わさないようにそらした。

「ときどき店の者が来ておることは知っておられますかな」

喜代のことはわかっているかと分銅屋仁左衛門が訊いた。

「何度か、お話もいたしました。お美しい方でございますね」

知っていると村垣伊勢が首肯《しゅこう》した。

「加壽美さんに褒《ほ》められたとあれば、本人も喜びましょう」

分銅屋仁左衛門が目を細めた。

「あれもそろそろ歳頃というには難しくなってしまいましてねえ。いや、本人は悪くはないのですよ。わたしがつい役に立つものだから、手放すのを惜しんでしまってねえ」

「さようでございますか。でも、あのお方ならば、いくらでもよいご縁があるかと思いますけれど」

二人が笑顔で話し合うのを、左馬介は寒い思いで聞いていた。

「それなんですがね。手近にいい方が……」

ふたたび分銅屋仁左衛門が左馬介を見ようとした。

「おいっ、加壽美。いるんだろう」

「長屋を壊されたくなかったら、おとなしく出てきな」

外から粗暴な声が聞こえた。

「……お知り合いかな」

分銅屋仁左衛門が村垣伊勢に尋ねた。

「あんな下卑《げび》た連中に知り合いはいませんよ」

村垣伊勢が首を横に振った。

「さっさと面《つら》出せ。火を付けてあぶり出すぞ」

「分銅屋どの」

その言葉を聞いた途端、左馬介の表情が変わった。

「この長屋はわたくしのもの。それを燃やそうなどという輩《やから》を許すわけにはいきませんね。諫山さま、お願いしますよ」

「承知」

分銅屋仁左衛門の指図を受けた左馬介が、右手に鉄太刀を握って戸障子を開けた。

「おっ。出てきたか」

「なんだ、誰だ、てめえ」

騒いでいた男たちが、左馬介の登場に戸惑った。

「加壽美の男か」

「おうおう、大金を支払ってもらって柳橋から足を洗っておきながら、間男とは、股《またぐら》が緩《ゆる》いにもほどがあるぜえ」

男たちが嘲笑《ちょうしょう》した。

「一人、二人……五人か」

相手にせず、左馬介が人数を確認した。

「怖くて声もでねえか」

もっとも近くにいた無頼が、手にした割り木で左馬介を突こうとした。

「ぬん」

「……ぎゃあああ」

鉄太刀を左馬介が振るい、無頼《ぶらい》が利き腕をへし折られて絶叫した。

「えっ」

「どう……」

残った無頼たちが啞然《あぜん》とした。

「………」

無言で左馬介が次の無頼に向かった。

「わっ、ちょっと待て」

己が狙われていると気づいた無頼が、あわてて長脇差《ながわきざし》を抜こうとした。

「やっ」

短い気合いで左馬介が、長脇差ごと無頼の腰を砕いた。

「あがっ」

余りの痛みに無頼が気を失った。

「二人」

左馬介が数を数えた。

「油断するな」

「皆で一斉にかかればいける」

「おう」

仲間二人を失って、ようやく残りの無頼たちが戦う準備に入った。

「遅いわ」

囲まれるほど左馬介は愚かではなかった。

鉄太刀で殴りやすい位置にいる右端の無頼に左馬介が駆けた。

「いけ、厄《やく》」

「おう」

真ん中の合図で厄と呼ばれた左端の無頼が左馬介の背後を通り抜けて、村垣伊勢の長屋へと侵入した。

「へへっ……誰だ」

女一人だと思っていたら、分銅屋仁左衛門がいた。厄が混乱した。

「後で買って返しますよ」

分銅屋仁左衛門も襲われ慣れている。長脇差を見たくらいでおたつくことなどなかった。

「ほいっ」

先ほど村垣伊勢が用意してくれた急須を手に取って、分銅屋仁左衛門が投げつけた。

「あっ、あちいい」

まだなかのお湯は十分ではないが熱かった。着物の上からとはいえ、まともに浴びた厄が踊るように手足をばたつかせた。

「女の家に許しなく入るんじゃないよ」

慌てた厄に、すばやく村垣伊勢が簪《かんざし》を突き立てた。

「あああ」

腹に簪を刺された厄が、悲鳴をあげて逃げ出した。

「ふん、簪は女の操《みさお》を守る武器なんだよ」

村垣伊勢が簪を見た。

「それも新しいのを用意させますよ。あんな男の汚い血がついたのは嫌でしょう」

「いいんですよ。買ってもらいますから」

分銅屋仁左衛門の気遣いに首を左右に振りながら、村垣伊勢が外へ目をやった。

「ほう……」

その先が誰に向いているかに気づいた分銅屋仁左衛門が目をすがめた。

「おうちゃあ」

左馬介も背中を通られたことには気づいている。しかし、焦らなかった。なにせ、村垣伊勢の強さを知っているのだ。

落ち着いたままで左馬介は右端の無頼の左腕を砕いた。

「ぎゃっ」

右端の無頼が崩れた。

「ちっ、分が悪い」

残った中央の無頼が背を向けた。

「背中を見せるとはいい度胸だ」

左馬介が懐《ふところ》から鉄扇《てっせん》を出して投げた。

「痛てえ」

背中を鉄棒で殴られたような衝撃に、最後の無頼が転んだ。

「……じっとしてろ」

左馬介が無頼の右臑《すね》の骨を鉄太刀で打った。

「ぎゃあっ……」

人体の急所、臑を割られた最後の無頼が絶叫して、気絶した。

「あああああ」

仲間の惨状に村垣伊勢に簪を喰《く》らわされた無頼の心が折れた。

「誰に頼まれたか、しゃべってもらいますよ」

長屋から姿を現した分銅屋仁左衛門が冷たく命じた。

三

五人の無頼を別々にした分銅屋仁左衛門が、雇い主を訊いた。別にしたのは口合わせを防ぐためと、一人ずつにすることで抵抗する気力を奪うためであった。

「吾妻屋に頼まれたんだ。加壽美を連れてこいと」

だが、その配慮は無用であった。肩あるいは腰、腕、足のどこかを折られた無頼たちは、依頼主の名前を躊躇《ちゅうちょ》することなく、しゃべった。

「あの馬鹿か」

村垣伊勢が慨嘆した。

「知っているのか」

「先日も来たさね。柳橋の茶屋の五代目だったか、六代目だったか、結構な老舗《しにせ》の主だよ」

左馬介の問いに村垣伊勢が答えた。

「どういう経緯《いきさつ》で、その吾妻屋と悶着《もんちゃく》を」

分銅屋仁左衛門が尋ねた。

「それがさあ、まったく覚えがないんだよねえ」

村垣伊勢が首をひねった。

「覚えがない……それでなぜ」

左馬介が疑問を口にした。

「この間は、あたいを落籍させた旦那の名前を教えろと申してきたんだけどね。態度が悪かったので、股間を蹴り飛ばしてやった」

「容赦ないことで」

分銅屋仁左衛門が苦笑した。

「さて、こやつらのことは布屋の親分に任せるとして、加壽美さんはどうなさいますか。ここに一人ではいささかご不安でございましょう」

「はい」

怖いのではないかと気を遣った分銅屋仁左衛門に、村垣伊勢が急に心細そうな風をしだした。

「………」

左馬介は黙った。

「旦那さんへのお報せは」

分銅屋仁左衛門が村垣伊勢の顔色を窺《うかが》った。

「あいにく、今は連絡ができないんですよ」

「ほう、どこぞへ商いにでも出られておられるのですかな」

うつむいた村垣伊勢に分銅屋仁左衛門が問いかけた。

「そのようなものでございますよ」

はっきりしないながらも、村垣伊勢が告げた。

「困りましたね。その旦那さんに無断で勝手なまねをするわけにもいきませんし」

分銅屋仁左衛門がため息を吐《つ》いた。

「……ですね」

村垣伊勢がうなだれた。

「ふむ」

その様子に分銅屋仁左衛門が一人で納得した。

「諫山さま」

「どうしたかの、分銅屋どの」

呼ばれた左馬介が応じた。

「一度、長屋の周囲を見てきてくださいませぬか。こやつらの仲間が潜んでおるやも知れませぬので」

用意周到な依頼主ならば、結果を知るためや逃げ出そうとした目標の行き先を追うなどの役目を与えた者を準備させていた。

「そんな用意をするほどの頭が回りそうには思えぬが、万一ということはあるか」

首をかしげながら、左馬介が出ていった。

「………」

「さて、諫山さまはいなくなりましたよ」

沈黙した村垣伊勢に分銅屋仁左衛門が笑いかけた。

「………」

村垣伊勢が無言を続けた。

「仕方ありませんな」

分銅屋仁左衛門が嘆息した。

「では、勝手に話すとしましょうか」

笑いを浮かべたままで、分銅屋仁左衛門が語り始めた。

「旦那さんはいませんね」

分銅屋仁左衛門が断言した。

「………」

村垣伊勢は反応しなかった。

「お答えはいりませんよ。勝手にこっちが推測するだけですがね」

「どこがおかしかったでしょう」

ようやく村垣伊勢が口を開いた。

「柳橋の名花を手にしながら、野に置く男なんぞいませんよ。己《おの》が庭に閉じこめて、他の男の目にも触れさせませぬ」

「まだ庭の準備ができていないとは」

「そんな抜かりがあるようなお人に、落籍される加壽美さんではございませんでしょう」

　言い逃れをしようとした村垣伊勢を、分銅屋仁左衛門が止めた。

「お金に困っていたとは」

「あの柳橋一の売れっ子芸妓《げいぎ》が、お金に困るなど」

　まだ言いつのる村垣伊勢に分銅屋仁左衛門が手を振った。

「落籍してくれた方が身分のあるために、表立てないので」

「嘘ですね。身分ある方が、商いで遠くへはありませんでしょう。正体を隠したいなら、ゆえある方なのでと言うべきでしたな」

　村垣伊勢の抵抗を分銅屋仁左衛門が一蹴《いっしゅう》した。

「……まったく」

　小さく村垣伊勢が首を左右に振った。

「世慣れた商人というのは、怖ろしいこと」

「生き馬の目を抜く江戸で金儲《もう》けをするのですよ。これくらいは気づかなければ、とっくに店なんぞ潰《つぶ》れてます」

ため息を吐きながら言った村垣伊勢に分銅屋仁左衛門が笑った。

「ですが、問題は残りますね」

「落籍の費用の出所でしょう」

分銅屋仁左衛門の疑問を村垣伊勢が読んだ。

「一千五百両はさすがに、加壽美さんでも難しいでしょう」

「……そんなに金を貯《た》めることは無理だと」

村垣伊勢が口の端を吊《つ》りあげた。

「さすがに」

分銅屋仁左衛門が肯定した。

「心付けを甘く見ておられる」

「……そんなに」

村垣伊勢の言葉に、分銅屋仁左衛門が驚いた。

「分銅屋さまは、心付けをいくらくらいお包みに」

「場合によって変わりますがね、大事なお客さまをお連れしているときは、一両。そうでなければ二分というところですね」

　訊かれた分銅屋仁左衛門が答えた。

「柳橋で一番と言われても二番とは落ちないあたしですよ。一つの座敷で一両が最低、普通は二両」

「二両とは怖ろしい」

　町人が一カ月で一両あれば生活できる。その倍を一つの座敷で稼ぐ。分銅屋仁左衛門が目を大きくした。

「その他にも花代ももらえますでしょう。もっとも花代は自前芸妓とはいえ半分を茶屋に持っていかれるけど」

「一日にいくつの座敷を掛け持ちになられました」

「少なくて二つ、多ければ五つ」

　村垣伊勢が指を折った。

「一日に花代を別にして六両くらいは稼いでいた」

「とはいえ、出て行くものも多いんですよ。三味持ちの日当、着付けの費用、揚げ座敷の女中などへの心付け」

　ざっくりと一日の稼ぎを計算した分銅屋仁左衛門に村垣伊勢が愚痴を漏らした。

「それでも四両は残りますね」

分銅屋仁左衛門がすぐに計算をした。

「一日四両、月に二十五日として百両。一年一千二百両……。十分ですな」

「でしょう」

村垣伊勢が胸を張った。

「となると、別の問題が出て参りましたな」

「他になにが」

さらなる疑問を口にした分銅屋仁左衛門へ村垣伊勢が首をかしげた。

「うまくごまかしたつもりでしょうが、年に千両以上の蓄財をどこに隠して……いや、預けておられました」

「……………」

目をすがめた分銅屋仁左衛門に、村垣伊勢が黙った。

「金というのは足跡を残すものですよ」

「どこかの店に預けていたとは」

村垣伊勢が頑張ろうとした。

「無駄なまねをなさらぬことです」

「……参ったねえ」

分銅屋仁左衛門に止《とど》めを刺された村垣伊勢が降参した。

「あまり知られたくはなかったのだけどねえ」

「言いたくないのならば、無理はしなくて結構ですよ。他人の秘密を暴く趣味はございません」

嘆く村垣伊勢に、分銅屋仁左衛門が首を横に振った。

「いい女には秘密があるものだけどねえ。ここまで来てごめんなさいは、恥だよねえ」

村垣伊勢が苦い笑いをした。

「いいのですか」

分銅屋仁左衛門が確認した。

「内緒でお願いしますよ」

「女の秘密を言いふらすほど、品性下劣ではないつもりですよ」

釘《くぎ》を刺した加壽美に分銅屋仁左衛門がうなずいた。

「では、お話をいたしましょう。あたしはこれでも武家の娘。浪人ではなく、旗本の端くれでございまする」

途中で村垣伊勢の口調が変わっていった。

「ご多分に漏れず、加増もなく生活に困窮しておりました。幸い、音曲《おんぎょく》に才がありましたので、柳橋にて自前芸者をすることになり、家の手助けができました」

「自前で出られたとは、まともなお家でしたな」

分銅屋仁左衛門が感心した。

貧しい旗本や御家人は借財を重ねて、その形《かた》に娘を売り払うのが普通であった。目の前に金を積まれて、それに耐えられる者は少なかった。

「勘定ができただけでございますよ」

村垣伊勢が手を振った。

最初に娘を売れば、まとまった金が入る。その代わり、以降娘がどれだけ稼ごうとも親には一文も入ってこない。売れなければ、生涯娘は借財に縛られる。下手をすれば、膨らんだ借財を少しでも減らすために身体《からだ》を犠牲にしたり、遊女として岡場所に売られたりする。

たいして、自前芸者だと経費を払った残りがすべて収入になった。

「いやいや、それが大きいので。武士だからと金を忌避《きひ》していたのでは、これからの世のなかを渡っていけません」

分銅屋仁左衛門が首を縦に振った。

「ですが、落籍という形で身を退《ひ》かれたのは」

辞めてしまえば金は入ってこなくなる。貧乏旗本が金のなる木を切り捨てるとは思えなかった。

「お役に就けそうなのでございますよ」

「ああ、加壽美さんが稼がれたお金を撒《ま》かれた」

賄賂《わいろ》を使ったなと分銅屋仁左衛門が見抜いた。

幕府にはすべての旗本、御家人に与えるだけの役職がなかった。

「なにとぞ、わたくしに」

「剣にはいささかの心得が」

無役の旗本、御家人たちがこぞって役目を欲しがるのは、役料や余得があるからであった。

「はい」

村垣伊勢がうなずいた。

「そして、役目に就いた以上、身の回りはきれいにしておかねばなりませぬ。そこで落籍されたということで柳橋から離れたのでございまする」

「なるほど」

分銅屋仁左衛門が首肯した。

「落籍されたのに、ここにいたのは……」

「どのような功績があろうとも、旗本の娘が水に染まるのはよろしくありませぬ」

「実家には帰られませんか」

「…………」

無言で村垣伊勢が肯定した。

武家は名誉を重んじる。どれほど金を稼いで家に貢いでいても、娘が芸妓であったとわかれば、大恥になった。

「娘を売ってまで役目に就きたかったのか」

「旗本の風上にもおけぬ」

他人に知られれば、役目に就く話はなくなる。一つまちがえれば、旗本のなかで居場所がなくなってしまいかねなかった。

「なかなかに悲しいことでございますな」

「いいえ」

同情した分銅屋仁左衛門に対し、村垣伊勢が首を左右に振った。

「実家との縁を切られましたので、これからは好きに生きていけまする。それに……」

「それに……」

村垣伊勢の言葉に分銅屋仁左衛門が怪訝な顔をした。

「一生食べていけるくらいのお金は隠しておりますから」

いたずらっぽく村垣伊勢がほほえんだ。

「……怪しい者はいなかったぞ」

左馬介が戻ってきた。

「ならば帰りましょうか。加壽美さんもご一緒に」

「少し着替えなどの用意を」

一時分銅屋に身を隠すようにと誘った仁左衛門に、村垣伊勢が願った。

「お着替え……ならば外でお待ちします」

分銅屋仁左衛門が気を遣って出ていった。

「最初が嘘であれば、次の話を真実と思いこむ。なかなか鋭い分銅屋であったが……」

風呂敷包みに長襦袢《ながじゆばん》などを放りこみながら村垣伊勢が口の端だけで嗤《わら》った。

四

井深深右衛門は文句も言わずに待ち続けていた。

「ふざけるな」

だが、供の者たちは我慢できなかった。

須永が刀の柄《つか》に手をかけた。

「いつまで待たせるつもりだ」

「お待ちくださいとは一言も申しておりませぬが」

番頭が平然と返した。

「おのれは……」

顔さえあげなかった番頭に須永が顔色を変えた。

「商いのお邪魔はご遠慮いただけますか」

番頭が須永を見た。

「……なんだと」

「損失が出たときには、弁済していただくことになりまする」

「弁済……」

賠償を求めると言われた須永が、たじろいだ。

「須永、鎮まれ」

井深深右衛門が須永を諌《いさ》めた。

「はっ」

弁済という言葉が効いているのか、須永が素直にさがった。

「番頭」

「なにか」

井深深右衛門に声をかけられては、番頭も無視できなかった。

「前触れもなく来たこと、待つと言い出したこと。たしかに非はこちらにあるが、武家に対しての扱いとして、ただしいものではない。少なくとも主を呼び戻すくらいのことはしてしかるべきではないか」

「すでに小僧を向かわせましてございまする」

苦情をつけた井深深右衛門に番頭が告げた。

「いつの間に」

気が付かなかったと井深深右衛門が驚いた。

「お見えになってすぐに出しましてございまする」

番頭が述べた。

「それにしては遅くないかの。すでに余が来てから一刻（約二時間）にはなるぞ」

井深深右衛門が怪訝な顔をした。

「主の外出はかなり変わっておりまして、お客さまのところだけとは限りませず」

「どこへ行くかくらいは言い残しておろう」

そのようなことでは留守番を務まるまいと、井深深右衛門が咎《とが》めるように言った。

「一応は伺っております」

「そこに迎えを出せば……」

須永が口を出した。

「出したのでございますが……」

番頭が首を左右に振った。

「それでよく主が務まるものだ。来客が来たときなど困るだろうに」

井深深右衛門があきれた。

「当家は両替商でございまする。客が来たところで小判を銭にするか、銭を小判にするかでございますれば、わたくしか手代で用が足りまする」

「そちらではない。もう一つの商いのほうじゃ」

　金貸しの客のときのことだと井深深右衛門が口にした。

「そちらのお客さまは、かならずお約束をくださいまする」

　不意に訪れることはないと番頭が首を横に振った。

「…………」

　言い返された井深深右衛門が鼻白んだ。

「帰っては来るのだろうな」

「そのはずでございますが、確認いたしましょう。誰か喜代を呼んできてくれないか」

　確認を求めた井深深右衛門に番頭が応じた。

「……番頭さん」

　店先に呼ばれた喜代が、初めてのことに戸惑いながら現れた。

「悪かったね。忙しいときに」

　番頭が喜代に詫びた。

「夕餉《ゆうげ》の用意はされているかい」

「はい。いつも通りお二人ぶんを用意しておりますが」

喜代がなぜそのようなことを訊くのかと困惑しながらも答えた。

「ということは旦那さまと諫山さまはお帰りになられるんだね」

「そのはずでございますが」

確かめた番頭に喜代が首を縦に振った。

「ありがとうね」

「では」

番頭に礼を言われた喜代が奥へと引っこんだ。

「夕餉の刻限までには戻るかと」

「なめたまねを……」

わざとらしい手順を踏んで見せた番頭に、須永が吐き捨てた。

「どうなさいますか」

まだ夕餉までは半刻（約一時間）以上あるが、帰るか待つかを番頭が尋ねた。

「ここまで待ったのだ。半刻くらいは辛抱しよう。ただ、厠《かわや》を借りてもよいか」

井深深右衛門が用足しを求めた。

「はい。作兵衛、ご案内を」

「いや、先ほどの女中に頼みたい」

手代を呼びかけた番頭に、井深深右衛門が要求した。

「女ではご無礼でしょう」

武家では女に身の回りのことはさせないのが普通であった。

「いや、店の者にさせては商いの邪魔になろう」

先ほどの意趣返しを井深深右衛門がした。

「……お気遣いかたじけのうございまする。では、喜代を」

そう言われてはいたしかたない。番頭が喜代をもう一度呼び出した。

「……ではこちらへ」

喜代が井深深右衛門を上の厠へと案内し、須永が供を務めた。

店にも厠はある。ただ、それは店の奉公人が使うもので、客用ではなかった。

「女中、そなたの名前はなんと申す」

「喜代と申しまする」

井深深右衛門に問われた喜代が名乗った。

「諫山を存じておるな」

「存じておりますが」

喜代が首肯した。

「どのような者かの」

井深深右衛門が左馬介の人柄を尋ねた。

「まじめなお人でございまする」

当たり障りのない答えを喜代が返した。

「腕は立つのか」

「他のかたを存じませぬが、立たれると思いまする」

少し喜代が誇らしげに言った。

「では……」

「こちらでございまする」

さらに問いかけようとした井深深右衛門に、喜代が厠へ着いたと告げた。

「う、うむ」

厠を貸せと言った手前、井深深右衛門は話をあきらめた。

「……どうぞ」

用をすませ厠を出て、手を洗った井深深右衛門に、喜代が手拭《てぬぐ》いを差し出した。

「おう。助かる」

井深深右衛門が手を拭いた。

「こちらへ」

「喉が渇いた。茶をもらいたい」

店へ戻そうとした喜代に、井深深右衛門がさらなる要求をした。

「では、御駕籠までお持ちいたしまする」

「客間へ案内するのが礼儀であろう。無礼にもほどがあるぞ」

ずっと黙っていた須永が、喜代を脅すように声を荒らげた。

「主の指図がございませぬので。わたくしでは」

だてに上《かみ》の女中をしているわけではなかった。分銅屋の客のなかには、金を無理矢理でも借りようと大声を出す者、返すまいと暴れる者もいる。喜代は脅しに怯えもしなかった。

「……余が分銅屋に言う」

平然としている喜代に驚きながら、まだ井深深右衛門が客間へ案内しろと言った。

「こちらでございまする」

そこまで言われても、淡々と喜代は店への経路を取った。

「……生意気な」

憤った須永が、その辺の座敷へ入りこもうと襖《ふすま》に手をかけた。

「盗賊でございまする」

喜代が叫んだ。

「この女は……」

須永が喜代を押さえて、口を塞《ふさ》いだ。

もちろん、喜代の声は表にも届いていた。

「作兵衛、布屋の親分へ」

「へい」

番頭の指示に作兵衛が飛び出した。

「あっ」

行列の供たちはなにも報されていない。作兵衛を止めることはできなかった。

「おいっ」

喜代を抱えたままで須永が奥から出てきた。

「さっさと分銅屋を出せ」

「なにをなさいますか」

さすがに落ち着いていた番頭も、喜代が捕まっているのを見て唖然とした。

「分銅屋だ。分銅屋を呼んで来い」

須永が繰り返した。

「井深さま」

番頭が井深深右衛門を咎《とが》めるような声で呼んだ。

「……………」

井深深右衛門は番頭を見ることもなく、無視を通した。

「非道でございまする」

番頭が怒った。

「分銅屋が来たら、女に用はない」

非難した番頭に須永が言った。

「切り捨てですか」

番頭がもう一度井深深右衛門を睨《にら》んだ。

なんの反応も見せない井深深右衛門の態度から、番頭は須永を切り捨てるつもりだと悟った。いかに会津藩が格別の家柄でも、商家に押し入って女中を人質にしたとあれば、幕府も見過ごしてはくれない。

「当家の者ではございませぬ」

こういったとき、大名が使う手は決まっている。須永はすでに放逐しており、浪人となった者の責任はないと強弁するのだ。

「なんの話だ」

須永が怪訝な顔をした。

「…………」

番頭は教えなかった。知ることで自暴自棄になられては喜代が危ない。

「喜代、落ち着いて。きっと旦那さまがお助けくださいます」

「はい」

励ました番頭に喜代が首肯した。

「騒がしいね」

「旦那さまっ」

「むっ。分銅屋か」

暖簾《のれん》を潜った分銅屋仁左衛門が顔をしかめ、待っていた番頭が歓喜の声をあげ、須永が睨みつけた。

「これはどういうことですかな」

分銅屋仁左衛門が目を細めて、一同を見た。

「昼過ぎに……」

すでに分銅屋仁左衛門が小僧から報されていることも含めて、番頭が説明した。

「押し込み強盗ですか。食い詰め浪人はこれだから困るのです。ねえ、諫山さま」

分銅屋仁左衛門が後ろに控えている左馬介に合意を求めた。

「だの。同じ浪人として恥ずかしいことだ。金がないならば、普請場《ふしんば》で材木運びでもすれば一日生きられるというに」

左馬介が嘆息した。

「なんだとっ」

強盗扱いされた須永が真っ赤になった。

「井深さま、これはどういうことでございましょう。奉公人に手出しをされたとあれば、さすがに見過ごせませぬ」

分銅屋仁左衛門が険しい声で井深深右衛門を詰問した。

「…………」

井深深右衛門が無言を貫いた。

「この乱暴者は、井深さまがお連れになられたのでしょう」

「…………」

「お答えなきはお認めになられたと思いますがよろしいですね」

否定しないのは肯定になると分銅屋仁左衛門が念を押した。

「……………」

「諫山さま」

「うむ」

分銅屋仁左衛門に言われた左馬介が前に出た。

「なんだ。そこで止まれ」

近づいてくる左馬介に須永が命じた。

「この女を痛めつけられたいのか」

「くっ」

抱えていた手をずらした須永が、喜代の首を押さえた。

「……はっ」

須永の制止を聞かず、一歩踏み出した左馬介が鉄太刀で掬《すく》うような下段打ちを浴びせた。

「があっ」

喜代の首を絞めていた手の肘《ひじ》を弾《はじ》かれた須永が呻《うめ》いた。

「諫山さま」

緩《ゆる》んだ須永の手を振り払って、喜代が左馬介に駆けより、その後ろへ隠れた。

「浪人風情《ふぜい》がぁぁ」

ぶらりと垂れた左腕をかばいながら、須永がわめいた。

「風情……おまえも浪人だろうが」

「何を言うか。拙者は会津藩先手組《さきてぐみ》だ」

左馬介に返された須永が身分を口にした。

「井深さま。そうなのでございますか。そうなれば、会津さまを評定所へ訴えさせていただくことになりますが」

分銅屋仁左衛門が感情を消した顔で井深深右衛門に確認を求めた。

「そのような者は存ぜぬな」

「ご、ご家老……」

「ご一緒にお見えでしたが」

冷たく断じた井深深右衛門に須永が絶句し、番頭が嫌味を言った。

「一緒に入ったからといって、連れとは限るまい」

「結構でございます」

嗤《わら》った井深深右衛門に分銅屋仁左衛門がうなずいた。

「ということですよ、諫山さま」

「わかった」

左馬介は見捨てられて呆然《ぼうぜん》となった須永の左右の腿《もも》を打ち据えた。

「ぐああ」

肉の厚い太腿だけに骨がくだけることはなかったが、ひびくらいは入る。須永は力を失ったかのように土間へ落ちた。

「縛りあげておいてくださいな。遠慮は要りません」

「おうよ」

分銅屋仁左衛門も左馬介も喜代に手出しをされた怒りを須永に向けた。

「痛い、痛い」

折れた手とひびた足を下緒《さげお》でひとまとめに縛られた須永が悲鳴をあげたが、左馬介は気にもしなかった。

「うるさいな」

泣きわめく須永に、井深深右衛門が頬をゆがめた。

「雑巾でも嚙《か》ませましょうか」

「わたくしが」

番頭が土間の隅に置かれている桶《おけ》のなかから、表戸を拭くための雑巾を取り出して、須永の口に突っこんだ。

「橋場《はしば》」

「はっ」

井深深右衛門に名を呼ばれた会津藩士が応じた。

「この女を捕縛し、藩邸へ連れていけ」

「承って候」

橋場と呼ばれた藩士が、喜代へ向かおうとした。

「井深さま、よいのでございますな」

たった今、喜代へ乱暴をした須永への対処を見せつけたばかりである。この場で喜代に手出しをするというのは、分銅屋仁左衛門を敵に回すという意味になる。

分銅屋仁左衛門が井深深右衛門に凍りつくような声音で確認した。

「本日、余は殿のご名代としてきている」

井深深右衛門が口を開いた。

「そのご名代に、この女は陪臣《ばいしん》の身分でありながら無礼を働いた」

「……陪臣」

喜代を指さして言う井深深右衛門に、分銅屋仁左衛門が首をかしげた。

「当家の女中でございますよ。喜代は」

分銅屋仁左衛門が意味がわからないと首をひねった。

「だからこそである」

井深深右衛門が背筋を伸ばした。

「このたび、藩籍簿を整理していたところ、分銅屋の祖先が当家に仕えていたことがわかった。初代肥後守さまのもとで勘定方を務めていたが、ゆえあって町民となった。そのとき肥後守さまから御手元金を拝領、商いを始めた」

「なにを仰せで」

語り始めた井深深右衛門に、分銅屋仁左衛門が大いに戸惑った。

「わからぬのか」

井深深右衛門が分銅屋仁左衛門と目を合わせた。

「分銅屋は会津藩のおかげで繁栄した。つまり、分銅屋は会津藩のものである」

「……なにを証拠《あかし》に」

「当家の藩籍簿が証である。三代将軍家光公の弟君藩祖保科肥後守さまの残された記録である。控えよ、分銅屋。余は藩主公の使者であるぞ」

井深深右衛門が強く命じた。

「恥を掻くことになりますよ」

その意図を読んだ分銅屋仁左衛門が井深深右衛門に宣告した。

「……なりふり構わぬな」

土間の隅に退避するような顔をして、経緯を見ていた村垣伊勢が嘆息した。

「田沼主殿頭さまにお報せせねば」

気配を薄くした村垣伊勢が消えた。

〈つづく〉

本書は、ハルキ文庫のために書き下ろされた作品です。

時代小説文庫
う 9-14

日雇《ひやと》い浪人生活録《ろうにんせいかつろく》(十四) 金《かね》の足《あ》掻《がき》

著者 上田秀人《うえだひでと》
2023年1月18日第一刷発行

発行者 角川春樹

発行所 株式会社 角川春樹事務所
〒102-0074 東京都千代田区九段南2-1-30 イタリア文化会館

電話 03(3263)5247[編集] 03(3263)5881[営業]

印刷・製本 中央精版印刷株式会社

フォーマット・デザイン&シンボルマーク 芦澤泰偉

ISBN978-4-7584-4534-4 C0193

http://www.kadokawaharuki.co.jp/[営業]
fanmail@kadokawaharuki.co.jp[編集] ご意見・ご感想をお寄せください。